Jul.

情深，万象皆深

林清玄清欢三卷

林清玄 著

 浙江教育出版社·杭州

——— /// ———

我们心的柔软，可以比花瓣更美，比草原更绿，
比海洋更广，比天空更无边，比云还要自在。
柔软是最有力量，也是最恒常的。

——— /// ———

我所走过的路,
我的文章都已留下美丽的证据!

——— /// ———

我们要轻轻地走路，
用心地过活。

———／／／———

唯有我们抓住生活的真实，
才能填补笔记的空白，
若任令生活流逝，
笔记就永远空白了。

自序

**每一朵落花,都香过、美过,
与蜂蝶相会过!**

天下无不是药的草

我喜欢种香草。

在台北居住已超过四十年了,住过十几个房子,不论住在多么小的房子,环境如何艰难,我都会在阳台、窗边种几盆香草,如果有露台、有院子,我就会种得更多。

薰衣草、鼠尾草、九层塔、柠檬草、薄荷、紫苏是常种的,有一段时间,我还种了肉桂和甘草。

情深，
万象皆深

    我喜欢香草，是喜欢拿它们来泡茶、入菜，有时在阳台种花，采一两片在口中咀嚼，就会感觉神清气爽，感恩天地有情，赐给这些不起眼儿的小草动人的香气与深长的滋味。

    乾坤朗朗，一株小草自有它非凡的庄严。

    当我咀嚼小草，抬头仰望云山时，就会想到一个故事：

    文殊菩萨在一片翠绿的草原，对大众开讲智慧。在演讲开始的时候，他把善财童子叫起来：

    "善财！去采一株不能做药的草来！"

    善财童子绕着草原找了三圈，回来对文殊说：

    "菩萨！遍寻各处，无不是药的草！"

    文殊随手从脚边采了一株小草，举草示众，三复斯言："天下无不是药的草！天下无不是药的草！天下无不是药的草！"

    文殊是智慧第一的菩萨，接下来他开讲了伟大的思维：天下没有任何草是不能做药的，如果有一株草是无用的，那是它的价值还没有被发现。同理，天下也没有任何烦恼不能转成智慧，如果有烦恼是无用的，那是它还没有得到转化。

    小草，提炼而成良药；烦恼，转化而成智慧！

    未转化提升的烦恼，是为"业障"；转化提升的烦恼，是为"境界"。

凡夫与菩萨同生于一个世界，凡夫为烦恼所缚，不得解脱；菩萨在烦恼大海中，得智慧宝珠，得大自在。

静思万法、谛观万象，体会脚边的一株小草呀！它们在阳光下的开怀喜乐，它们在微风中的轻柔舞蹈，它们在暴雨大雪里，谦虚保任。

百草寂寂，等待有一天会遇到神农，或者文殊。

当我们的心静下来时，烦恼喧哗，仿佛生命中的污泥，但我们也等待着，或者会有一朵莲花，一些清淳的智慧，从无明的、未名的角落，开起！

一株草里有万佛的宝殿

我喜欢在广东旅行。

因为广东人什么都吃，人人都是食物的探险家。

广东食物里，我最喜欢喝煲汤。大饭店里的煲汤很好，小餐厅里的煲汤也滋味独具，寻常人家的主妇更是，个个都是煲汤高手。

有几次喝到用枸杞叶、当归叶、川七叶煲的汤，使我拍案惊奇，滋味不下于用人参、天麻、茯苓煲的汤。

有一次，在广东的开平吃农家饭，农夫以黄鳝煲饭，鳝软饭香，锅底还有一层厚厚的锅巴，真是美味无双。

更令人惊奇的是，用大蒜清炒的地瓜叶，以咸蛋搅拌的南瓜叶，加了豆豉肉末的西瓜叶，每一样都是那么鲜嫩好吃。

这也是我第一次知道西瓜叶可以入菜。

问了农夫，他说："所有的瓜苗都可以做菜呀！不只是西瓜、南瓜、冬瓜、苦瓜、丝瓜、节瓜、哈密瓜，只要是瓜苗，做菜都很好吃。"

吃过中饭，我站在农夫的南瓜田里，看着满地蔓生的瓜苗瓜叶，心里非常感动，这世间所有的一切，都可以用来供养天地，即使是小小的瓜苗，也有无限的庄严！

释迦牟尼佛也曾与弟子一起散步于美丽的田园，有一次走到一个风景优美的地方。

天帝看着那一片难得的美景，突然对佛陀说："世尊！这里如果盖一个大雄宝殿就好了！"

佛陀微笑着，并不应答。

智慧第一的舍利弗突然拔起路旁的一株草，插在佛前，说："世尊！大雄宝殿盖好了！"

佛陀开怀地笑了,说:"善哉!善哉!舍利弗!"

佛陀没有说的,就像自己拈花,迦叶微笑的密意一样,一朵花里有无上的菩提,一株草里也有庄严的宝殿。

如果在美丽的地方,不能看见一朵花、一株草、一抹浮云、一发远山,又如何看见佛的殿堂呢?

若有明慧的眼睛,有清淳的觉受,在在处处,皆有菩萨的慈悲智慧在焉!

我欲奔行千里,去追寻佛的智慧;我也愿就在站立的地方蹲下来,来体会一株草的庄严!

摩顶松的心

每天清晨,在露台浇花的时候,我会对花草说话。

或者背诵昨夜读到的一段动人的经典,或者诉说一首古诗的意韵,或者唱念一首新学的歌……

有时说一些祝福的话,希望每一株草翠绿无比,祈愿每一朵花繁华多彩。

我真心相信,你有什么样的心情,就会种出什么样的花草。

而你有什么发愿,世界也会往那个方向展现;我真心相信,因为我种的植物总是花红草绿,所以世界永远以美好来与我相应。

有智慧、有感性的人都会如是相信。

玄奘大师要到西方取经的前一天,漫步于寺院的庭中,看见自己每天浇水而长得盎然的松树苗,突然感到不舍,他走到松树旁边,抚摩松树的头发,深情地说:

"我明天就要启程到西方取经了,以后不能亲自为你浇水了,你要努力地生长呀!我前往西方的这一段时间,你就向西生长,与我心心相印,等我东归之时,你再往东生长吧!这就是我们的约定。"

玄奘出发往天竺的十七年间,那棵松树一直往西边生长,竟成一棵向西弯曲的树。

十七年后有一天,这树的枝丫大量往东边冒出,寺僧大为惊奇,不久之后就传出玄奘将回到大唐的消息。

玄奘回来看见那棵松树也大为感动,为它取名为"摩顶松",十年之后,摩顶松松如盖,终于平衡,成为像伞一样形状的大树。

眼泪是不真实的珍珠

每次我看到一棵大树,总会去拥抱树干,去倾听老树心里的消息。

虽然无法摩顶,但可以仰望。每一棵老树都是那么雄奇,那么美,有些树可以从秦皇汉武就看着这个世界,人生无常、成住坏空,在老树的眼睛里,其实是很平常的。

我们如果心灵够高,也可以这样看着世界。

我们如果心情够细,也能体贴一棵树的心。

八指头陀有一回听到凄厉的哭声,离开禅座,走出寺庙,才发现是有人在砍桃花树,他因而大悟!

来果禅师在睡觉的时候,听到哭救声而惊醒,找了半天,才看见一只虱子跌落下,摔断了脚在那里哀嚎。

澹归禅师在流泪后,写下了"铅泪结,如珠颗颗圆;移时验,不曾一颗真!"

我们因爱恨而流下的眼泪像铅块一样的沉重呀!但时间过去了,空间改变了,没有一颗眼泪是真实的。

每一次感时,连花都溅出了泪水;每一次伤别,连鸟儿都感到心惊!

我们不曾离开世界，世界也不会离开我们。

佛陀在很多次的轮回里，在一世名叫"睒子"。经典里形容睒子是非常慈悲的人，慈悲到"践地唯恐地痛"。走路的时候因为怕地会痛，所以，他走路非常非常轻巧。

在经里与睒子相识，使我非常感动。大地会疼痛，花草会伤心，松树会许愿，触事而真，体之即神。只要情感够深，意境够高，就会知道步履过处，都有美丽的消息，落花虽然飘落了，每一朵都美过、香过，与蜂蝶相会过！

种出一片无忧的所在

最近十几年，常在大陆旅行演讲，走过两百多个城市，偶一回首，恍然如露如电。

四十几年来，我每天都在写作，写了几千万字，回眸一望，宛若镜花水月。

这流云幻变的人生呀！什么是真实的？什么是永恒的？何处才有究竟与终极的家乡？

你说你曾神采飞扬地活过，你又留下了什么证据？

有一天，佛陀走到菩提树下，坐下来，说："不成正觉，不起此坐！"

魔王听见了，走到佛陀面前，生气地说："你以为你成正觉会成功吗？在你之前多少比你伟大的修行人想成正觉，最后都失败了。而你，先是浪费了二十九年在声色犬马，又浪费了六年做无益的苦行，现在你在此静坐，就希望能突然开启无比的智慧吗？比起那些更用功的修道者，你的想法是多么傻呀！现在你立刻停止静坐，否则，你指给我看只有你会成功的证据，如果你举得出证据，我就不再扰乱你！"

佛陀温和地举起右手，指向前方，按触大地！

佛陀大音希声、大象无言，他沉默地按触大地，是说："大地就是我的证据，在无数的轮回里，我所行的一切都在大地留下了证据！"

佛陀修行的证据在大地，我留下的证据就是我的文章，我不断不断地耕田，信心是我的种子，智慧是我的耕犁，我一直前进不退转，希望能种出一片无忧的所在！

在我的文章里，有时丈六金身是一茎草，有时一茎草是丈六金身！

情深,
万象皆深

留下美丽的证据

现在,我把"菩提系列"第二部精选集,定名为《情深,万象皆深》。洪荒留此山川,宇宙如实在目,我们能观照更深的万象万籁,把缺憾还诸天地,才能使我们得到自在。

重读这些二十年前的作品,我的手不是按触大地,而是按在我的稿纸上,我可以无憾地说:我所走过的路,我的文章都已留下美丽的证据!

二〇一〇年夏日
外双溪清淳斋

目录 …

辑一
心是一切温柔的起点

002　三生石上旧精魂

015　报岁兰

020　期待父亲的笑

028　黑衣笔记

049　飞入芒花

058　清净之莲

062　爱语

066　猫头鹰人

辑二
爱的开始，是一个眼色

074　横过十字街口

079　百年与十分钟

082　在微细的爱里

085　飞翔的木棉子

089　只手之声

095　高僧的眼泪

099　感同身受

102　彩虹汗珠

105　忧伤之雨

107　莲瓣之不朽

辑三
看透人世间冷暖炎凉

- 110 　大雁塔
- 113 　蚂蚁三昧
- 117 　路上捡到一粒贝壳
- 125 　拈花四品
- 131 　不要指着月亮发誓
- 136 　清风匝地,有声
- 144 　吾心似秋月
- 153 　家家有明月清风
- 161 　黄昏月娘要出来的时候
- 168 　在梦的远方

辑四
每一寸时光都有欢喜

- 178　践地唯恐地痛
- 182　有情十二帖
- 195　一粒沙,或一条河岸?
- 200　太阳雨
- 206　半梦半醒之间
- 211　莲花汤匙
- 217　总有群星在天上
- 223　阿火叔与财旺伯仔
- 228　夏日小春
- 236　空白笔记本

辑一

心是一切温柔的起点

且让我们在卑湿污泥的人间，

开出柔软清净的智慧之莲吧！

三生石上旧精魂

宋朝的大诗人、大文学家苏东坡曾经写过一个非常有趣的故事《僧圆泽传》,这个故事发生于唐朝,距离苏东坡的年代并不远,而且人事时地物都记载得很详尽,相信是一个真实的故事。

原文是文言文,采故事体,文章也浅白,所以并不难懂,我把原文附在下面,加上我自己的分段标点:

僧圆泽传

洛师惠林寺，故光禄卿李憕居第。禄山陷东都，憕以居守死之。

子源，少时以贵游子，豪侈善歌，闻于时。及憕死，悲愤自誓，不仕、不娶、不食肉，居寺中五十余年。

寺有僧圆泽，富而知音，源与之游，甚密，促膝交语竟日，人莫能测。

一日相约游蜀青城、峨嵋山，源欲自荆州溯峡，泽欲取长安斜谷路，源不可，曰："吾以绝世事，岂可复到京师哉！"泽默然久之，曰："行止固不由人。"遂自荆州路。

舟次南浦，见妇人锦裆负罂而汲者，泽望而叹曰："吾不欲由此者，为是也。"

源惊问之，泽曰："妇人姓王氏，吾当为之子。孕三岁矣，吾不来，故不得乳。今既见，无可逃者。公当以符咒助吾速生，三日浴儿时，愿公临我，以笑为信。后十三年中秋月夜，杭州天竺寺外，当与公相见。"

源悲悔，而为具沐浴易服，至暮，泽亡。而妇乳三日，往观之，儿见源果笑。具以语王氏，出家财葬泽山下。

源遂不果行，反寺中，问其徒，则既有治命矣！

后十三年，自洛还吴，赴其约。至所约，闻葛洪川畔有牧童扣角而歌之曰：

三生石上旧精魂，赏月吟风不要论。
惭愧情人远相访，此身虽异性长存。

呼问："泽公健否？"

答曰："李公真信士。然俗缘未尽，慎弗相近，惟勤修不堕，乃复相见。"又歌曰：

身前身后事茫茫，欲话因缘恐断肠。
吴越山川寻已遍，却回烟棹上瞿塘。

遂去不知所之。

后二年，李德裕奏源忠臣子，笃孝。拜谏议大夫，不就，竟死寺中，年八十。

一个浪漫的传说

这真是一个动人的故事，它写朋友的真情，写人的本性，写生命的精魂，历经两世而不改变，读来令人动容。

它的大意是说，富家子弟李源，因为父亲在变乱中死去而体悟人生无常，发誓不做官、不娶妻、不吃肉食，把自己的家捐献出来改建惠林寺，并住在寺里修行。

寺里的住持圆泽禅师，很会经营寺产，而且很懂音乐，李源和他成了要好的朋友，常常坐着谈心，一谈就是一整天，没有人知道他们在谈什么。

有一天，他们相约共游四川的青城山和峨眉山，李源想走水路从湖北沿江而上，圆泽却主张由陆路取道长安斜谷入川。李源不同意，圆泽只好依他，感叹地说："一个人的命运真是由不得自己呀！"

于是一起走水路，到了南浦，船靠在岸边，看到一位穿花缎衣裤的妇人正到河边取水，圆泽看着就流下泪来，对李源说："我不愿意走水路就是怕见到她呀！"

李源吃惊地问他原因，他说："她姓王，我注定要做她的儿子，因为我不肯来，所以她怀孕三年了还生不下来，现在既然遇到了，就不能再逃避。现在请你用符咒帮我速去投生，三天以后洗澡的时候，请你来王家看我，我以一笑作为证明。十三年后的中秋夜，你到杭州的天竺寺外，我一定去和你见面。"

李源一方面悲痛后悔，一方面为他洗澡更衣，到黄昏的时候，圆泽就死了，河边看见的妇人也随之生产。

三天以后李源去看婴儿，婴儿见到李源果真微笑，李源便把一切告诉王氏，王家便拿钱把圆泽埋葬在山下。

李源再也无心去游山，就回到惠林寺，寺里的徒弟才说出圆泽早就写好了遗书。

十三年后，李源从洛阳到杭州西湖天竺寺，去赴圆泽的约会，到寺外忽然听到葛洪川畔传来牧童拍着牛角的歌声：

> 我是过了三世的昔人的魂魄，
> 赏月吟风的往事早已过去了。
> 惭愧让你跑这么远来探访我，
> 我的身体虽变了心性却长在。

李源听了，知道是旧人，忍不住问道：
"泽公，你还好吗？"

牧童说:"李公真守信约,可惜我的俗缘未了,不能和你再亲近,我们只有努力修行不堕落,将来才有会面的日子。"随即又唱了一首歌:

身前身后的事情非常渺茫,
想说出因缘又怕心情忧伤。
吴越的山川我已经走遍了,
再把船头掉转到瞿塘去吧!

牧童掉头而去,从此不知道往哪里去了。

过了三年,大臣李德裕启奏皇上,推荐说,李源是忠臣的儿子又很孝顺,请给予官职,于是皇帝封李源为谏议大夫,但这时的李源早已彻悟,看破了世情,不肯就职,后来在寺里死去,享年八十岁。

真有三生石吗?

圆泽禅师和李源的故事流传得很广,到了今天,在杭州西湖天竺寺外，还留下来一块大石头，据说就是当年他们隔世相会的地方，称为"三生石"。

"三生石"一直是中国极有名的石头，可以和女娲补天所剩下的那一块顽石相媲美，后来发展成中国人对前生与后世的信念，不但许多朋友以三生石作为肝胆相照的依据，更多的情侣则在三生石上写下他们的誓言，"缘定三生"这个词语就是这样来的。

前面说过，这个故事很可能是真实的，但不管它是不是真实的，至少是反映了中国人对于生命永恒的看法、真性不朽的看法。透过这种"轮回"与"转世"的观念，中国人建立了深刻的伦理、生命、哲学，乃至整个宇宙的理念，而这些正是佛教的入世观照和慧解。

我们常说"七世夫妻"，常说"不是冤家不聚头"，常说"十年修得同船渡，百年修得共枕眠"，常说"缘定三生，永浴爱河"……甚至在生气的时候咬牙说："我死了也不会放过你！"在歉疚的时候红着脸说："我下辈子做牛做马来报答你！"在失败灰心丧志的时候会说："前辈子造了什么孽呀！"看到别人夫妻失和时会说："真是前世的冤家！"

这种观念在中国是无孔不入的，民间妇女杀鸡杀鸭时会念着:"做鸡做鸭无了时,希望你下辈子去做有钱人的儿子。"乃至连死刑犯临刑时也会大吼一声:"二十年后,又是一条好汉!"

所以,"三生石"应该是有的。

轮回与转世都是佛教的基本观念,佛教里认为有生就有死,有情欲就有轮回,有因缘就有果报,所以生生世世做朋友是可能的,永生永世做爱侣也是可能的,当然,一再地做仇敌也是可能的……但生生世世、永生永世就永处缠缚,不得解脱,唯有放下一切才能超出轮回的束缚。

在《出曜经》里有一首偈,很能点出生死轮回的本质:

伐树不尽根,虽伐犹复生;
伐爱不尽本,数数复生苦。
犹如自造箭,还自伤其身;
内箭亦如是,爱箭伤众生。

在这里,爱作欲解,没有善恶之分,被仇恨的箭所射固然受伤,被爱情的箭射中也是痛苦的,一再地中箭就带来不断的伤,生生世世地转下去。

另外,《圆觉经》里有两段讲轮回,讲得更透彻:

"一切众生,从无始际,由有种种恩爱贪欲,故有轮回。若诸世界一切种性,卵生、胎生、湿生、化生,皆因淫欲而正性命,当知轮回,爱为根本。由有诸欲,助发爱性,且故能令生死相续。欲因爱生,命因欲有,众生爱命,还依欲本。爱欲为因,爱命为果。

"一切世界,始终生灭,前后有无,聚散起止,念念相续,循环往复,种种取舍,皆是轮回。未出轮回,而辨圆觉;彼圆觉性,即同流转;若免轮回,无有是处。譬如动目,能摇湛水,又如定眼,犹回转火,云驶月运,舟行岸移,亦复如是。"

可见,轮回的不只是人,整个世界都在轮回。我们看不见云了,不表示云消失了,是因为云离开了我们的视线;我们看不见月亮,不表示没有月亮,而是它运行到背面去了;同样地,我们的船一开动,两岸的风景就随着移动,世界的一切也就这样了。人的一生像行船,出发、靠岸,船(本性)是不变的,但岸(身体)在变,风景(经历)就随之不同了。

这种对轮回的譬喻,真是优美极了。

辑一
心是一切温柔的起点

嘴里芹菜的香味

谈过轮回,再说一个故事,这是和苏东坡齐名的大诗人黄山谷的亲身经历。黄山谷是江西省修水县人,这故事就出自《修水县志》。

黄山谷中了进士以后,被朝廷任命为黄州的知府,就任时才二十六岁。

有一天他午睡的时候做梦,梦见自己走出府衙到一个乡村里去,看到一位满头白发的老太婆,站在家门外的香案前,香案上供着一碗芹菜面,口中还叫着一个人的名字。黄山谷走向前去,看到那碗面热气腾腾好像很好吃,不自觉地端起来吃,吃完了回到衙门,一觉睡醒,嘴里还留着芹菜的香味,梦境十分清晰,但黄山谷认为是做梦,并不以为意。

到了第二天午睡,又梦到一样的情景,醒来嘴里又有芹菜的香味,因此感到非常奇怪,于是起身走出衙门,循着梦中的道路走去,一直走到老太婆的家门外,敲门进去,正是梦里见到的老妇,就问她有没有摆面在门外、喊人吃面的事。

老太婆回答说:"昨天是我女儿的忌辰,因为她生前喜欢吃芹菜面,所以我在门外喊她吃面,我每年都是这样喊她。"

"您女儿死去多久了？"

"已经二十六年了。"

黄山谷心想自己正好二十六岁，昨天也正是自己的生日，于是再问她女儿生前的情形，家里还有什么人。

老太婆说："我只有一个女儿，她以前喜欢读书，念佛吃素，非常孝顺，但是不肯嫁人，到二十六岁时生病死了，死的时候对我说她还要回来看我。"

"她的闺房在哪里，我可以看看吗？"黄山谷问道。

老太婆指着一间房间说："就是这一间，你自己进去看，我给你倒茶去。"

山谷走进房中，只见房里除了桌椅，靠墙有一个锁着的大柜。

山谷问："里面是些什么？"

"全是我女儿的书。"

"可以开吗？"

"不知道她把钥匙放在了哪里，所以一直打不开。"

山谷想了一下，记起放钥匙的地方，便告诉老婆婆找出来，打开书柜，发现许多文稿。他细看之下，发现他每次考试写的文章竟然全在里面，而且一字不差。

黄山谷这时才完全明白他已回到前生的老家，老太婆便是他前生的母亲,老家只剩下她孤独一人。于是黄山谷跪拜在地上,说明自己是她女儿转世,认她为母,然后回到府衙带人来迎接老母,奉养终生。

后来,黄山谷在府衙后园植竹一丛,建亭一间,命名为"滴翠轩",亭中有黄山谷的石碑刻像,他自题像赞曰:

似僧有发,似俗无尘。
作梦中梦,见身外身。

为他自己的转世写下了感想。

后来清朝的诗人袁枚读到这个故事曾写下"书到今生读已迟"的名句,意思是说像黄山谷这样的大文学家,诗书画三绝的人,并不是今生才开始读书的,前世已经读了很多书。

站在自己的三生石上

黄山谷体会了转世的道理,晚年参禅吃素,曾写过一首《戒杀诗》:

情深,
万象皆深

> 我肉众生肉,名殊体不殊。
>
> 原同一种性,只是别形躯。
>
> 苦恼从他受,肥甘为我须。
>
> 莫教阎老断,自揣应何如。

黄山谷的故事说完了,很玄,是吗?

也不是那么玄的。有时候我们走在一条巷子里,突然看见有一家特别熟悉;有时候我们遇见一个陌生人,却有说不出的亲切;有时候做了一个遥远的梦,梦境清晰如见;有时候一首诗、一个古人,感觉上竟像相识很久的知己;甚至有时候偏爱一种颜色、一种花香、一种声音,却完全说不出理由……

人生,不就是这样偶然的吗?每个人都站在自己的三生石上,只是忘了自己的旧精魂罢了。

报岁兰

花市排出了一长排的报岁兰，一小部分正在盛开，大部分结着花苞，等待年风一吹，同时开放。

报岁兰有一种极特别的香气，那香轻轻细细的，但能在空气中流荡很久，所以在乡下有一个比较土的名字"香水兰"，因为它总是在过午的时候开，又叫作"年兰"。在乡下，"年兰"和"年柑"一样，是家家都有的。

童年时代，每到过年，我们祖宅的大厅里，总会摆几盆报岁兰和水仙，浅黄浅红的报岁兰和鲜嫩鲜白的水仙，一旦贴上红色对联，就成为一个色彩丰富的年景了。

情深，万象皆深

乡下四合院，正厅就是祖厅，日日都要焚烧香烛，檀香的气息和报岁兰、水仙的香味混合着，就成为一种格外馨香的味道，让人沉醉。我如今想起祖厅，仿佛马上就闻到那个味道，鲜新如昔。

我们家的报岁兰和水仙花都是父亲亲手培植的，父亲虽是乡下平凡的农夫，但他对种植作物似乎有特殊的天生才能，只要是他想种的作物，很少长不成功的。父亲在世的时候，我们家的农田经营非常多元，他种了稻子、甘蔗、香蕉、竹子、槟榔、椰子、莲雾、橘子、柠檬、番薯乃至于青菜。中年以后，他还开辟了一个占地达四百甲[1]的林场，对于作物的习性可以说了如指掌。

我小学六年级的时候，父亲不知从哪里知道了种花可以赚钱，在我们家后院开建了一个广大的花园，努力地培育两种花：一种是兰花；一种是玫瑰花。那时父亲对花卉的热爱到了着迷的程度，经常看花卉的书籍到深夜，自己研究花的配种。有一年他种出了一种"黑色玫瑰"，兴奋非常，那玫瑰虽不是纯黑色，但它如深紫色的绒布，接近于黑的程度。

---

[1] 甲：中国台湾计算田地面积的单位，1 甲 ≈ 0.97 公顷。

辑一
心是一切温柔的起点

对于兰花，他的心得更多。我们家种兰花的竹架占地两百多坪[1]，一盆盆兰花吊在竹架上，父亲每天下田前和下田后都待在他的兰花园里。田地收成后的余暇，他就带着一把小铲子独自到深山去，找寻那些野生的兰花，偶有收获，总是欢喜若狂。

在爱花种花方面，我们兄弟都深受父亲的影响，是幼年开始就常随父亲在花园里整理花圃的缘故。但是在记忆里，父亲从未因种花而得到什么利润，倒是时常把兰花的幼根送给朋友，或者用野生兰花和朋友交换品种，我们家的报岁兰，就是朋友和他交换得来的。

父亲生前最喜欢的兰花有三种：一是报岁兰；一是素心兰；一是羊角兰。他种了不少名贵的兰花，为何独爱这三种兰花呢？记得有一次他对我说："有很多兰花很鲜艳很美，可是看久了就俗气；有一些兰花是因为少而名贵，其实没什么特色；像报岁兰、素心兰、羊角兰虽然颜色单纯，算是普通的兰花，可是它们朴素，带一点喜气，是兰花里面最亲切的。"

父亲的意思仿佛是说：朴素、喜乐、亲切是人生里最可贵的特质，这些特质也是他在人生里经常表现出来的特色。

---

[1] 坪：土地或房屋面积单位，1坪≈3.3平方米（用于中国台湾地区）。

我对报岁兰的喜爱就是那时种下的。

父亲种花的动机原是为增加收入，后来却成为他最重要的消遣。父亲没有什么特别的嗜好，只是喜欢喝茶、种花、养狗，这三种嗜好一直维持到晚年，他住院的前几天还是照常去公园喝老人茶，到花圃去巡视。

中学的时候，我们家搬到新家，新家是在热闹的街上，既没有前庭，也没有后院，父亲却在四楼顶楼搭了竹架，继续种花。我记得搬家的那几天，父亲不让工人动他的花，他亲自把花放在两轮板车上，一趟一趟拉到新家，因为他担心工人一个不小心，会把他钟爱的花折坏了。

搬家以后，父亲的生活步调并没有改变，他还是每天骑他的老爷脚踏车到田里去，每天晨昏则在屋顶平台上整理他的花圃，虽然阳台缺少地气，父亲的花卉还是种得非常美，尤其是报岁兰，一年一年地开。

报岁兰要开的那一段时间，差不多是学校里放寒假的时候，我从小就在外求学，只有寒暑假才有时间回乡陪伴父亲。报岁兰要开的那一段日子，我几乎早晚都陪父亲整理花园，有时父子忙了半天也没说什么话，父亲会突然冒出一句："唉！报岁兰又要开了，时间真是快呀！"父亲是生性乐观的人，他极少

辑一
心是一切温柔的起点

在谈话里用感叹号，所以我每听到这里就感慨极深，好像触动了时间的某一个枢纽，使人对成长感到一种警觉。

报岁兰真是准时的一种花，好像不过年它就不开，而它一开就是一年已经过去了。新年过不久，报岁兰又在时间中凋落。这样的花，它的生命好像只有一个特定的任务，就是告诉你："年到了，时间真是快呀！"在人的一生中，无常还不是那么迫人的，可是像报岁兰，一年的开放就是一个鲜明的无常，虽然它带着朴素的颜色、喜乐的气息、亲切的花香同时来到，但是在过完新年的时候，还是掩不住它的惆怅。

就像父亲，他的音容笑貌时时从我的心里映现出来，我在远地想起他的时候，这种映现一如他生前的样子，可是他已经不在这个世上了。我知道，我忆念的父亲的容颜虽然相同，其实忆念的本身已经不同了，就如同老的报岁兰凋谢，新的开起，样子、香味、颜色没什么不同，其实中间已经过了整整的一年。

偶然路过花市，看到报岁兰，想到父亲种植的报岁兰，今年那些兰花一样地开，还是要摆在贴了红色春联的祖厅。唯一不同的是祖厅的神案上多了父亲的牌位，墙上多了父亲的遗照，我们失去了最敬爱的父亲。这样想时，报岁兰的颜色与香味中带着一种悲切的气息：唉！报岁兰又开了，时间真是快呀！

期待父亲的笑

父亲躺在医院的加护病房里,还殷殷地叮嘱母亲不要通知远地的我,因为他怕我在台北工作担心他的病情。还是母亲偷偷叫弟弟来通知我,我才知道父亲住院的消息。

这是典型的父亲的个性,他是不论什么事总是先为我们着想,至于他自己,倒是很少注意。我记得在很小的时候,有一次父亲到凤山去开会,开完会他到市场去吃了一碗肉羹,觉得是很少吃到的美味,他马上想到我们,先到市场去买了一个新锅,买一大锅肉羹回家。当时的交通不发达,车子颠踬得厉害,回到家时肉羹已冷,且溢出了许多,我们吃的时候已经没有父亲所形容的那种美味。可是我吃肉羹时心血沸腾，特别感到那肉羹是人生难得，因为那里面有父亲的爱。

在外人的眼中，我的父亲是粗犷豪放的汉子，只有我们做子女的知道他心里极为细腻的一面。提肉羹回家只是一端，他不管到什么地方，有好的东西一定带回给我们，所以我童年时代，父亲每次出差回来，总是我们最高兴的时候。

他对母亲也非常体贴，在记忆里，父亲总是每天清早就到市场去买菜，在家用方面也从不让母亲操心。这三十年来我们家都是由父亲上菜场，一个受过日式教育的男人，能够这样内外兼顾是很少见的。

父亲的青壮年时代虽然受过不少打击和挫折，但我从来没有看过父亲忧愁的样子。他是一个永远向前的乐观主义者，再坏的环境也不皱一下眉头，这一点深深地影响了我，我的乐观与韧性大部分得自父亲的身教。父亲也是个理想主义者，这种理想主义表现在他对生活与生命的尽力，他常说："事情总有成功和失败两面，但我们总是要往成功的那个方向走。"

他的乐观和理想主义，使他成为一个温暖如火的人，只要有他在就没有不能解决的事，就使我们对未来充满了希望。他也是个风趣的人，再坏的情况下，他也喜欢说笑，他从来不把

情深，
万象皆深

痛苦给人，只为别人带来笑声。

小时候，父亲常带我和哥哥到田里工作，这些工作，启发了我们的智慧。例如我们家种竹笋，在我没有上学之前，父亲就曾仔细地教我怎么去挖竹笋，怎么看土地的裂痕，才能挖到没有出青的竹笋。二十年后我到竹山去采访笋农，曾在竹笋田里表演了一手，使得笋农大为佩服。其实我已二十年没有挖过笋，却还记得父亲教给我的方法，可见父亲的教育对我影响多么大。

由于是农夫，父亲从小教我们农夫的本事，并且认为什么事都应从农夫的观点出发。像我后来从事写作，刚开始的时候，父亲就常说："写作也像耕田一样，只要你天天下田，就没有不收成的。"他也常叫我不要写政治文章，他说："不是政治性格的人去写政治文章，就像种稻子的人去种槟榔一样，不但种不好，而且常会从槟榔树上摔下来。"他常教我多写些于人有益的文章，少批评骂人，他说："对人有益的文章是灌溉施肥，批评的文章是放火烧山；灌溉施肥是人可以控制的，放火烧山则常常失去控制，伤害生灵而不自知。"他叫我做创作者，不要做理论家，他说："创作者是农夫，理论家是农会的人。农夫只管耕耘，农会的人则为了理论常会牺牲农夫的利益。"

辑一
心是一切温柔的起点

父亲的话中含有至理，但他生平并没有写过一篇文章。他是用农夫的观点来看文章，每次都是一语中的，意味深长。

有一回我面临了创作上的瓶颈，回乡去休息，并且把我的苦恼说给父亲听。他笑着说："你的苦恼也是我的苦恼，今年香蕉收成很差，我正在想明年还要不要种香蕉。你看，我是种好呢，还是不种好？"我说："你种了四十多年的香蕉，当然还要继续种呀！"

他说："你写了这么多年，为什么不继续呢？年景不会永远坏的。""假如每个人写文章写不出来就不写了，那么，天下还有大作家吗？"

我自以为在写作上十分用功，主要是因为我生长在世代务农的家庭。我常想：世上没有不辛劳的农人，我是在农家长大的，为什么不能像农人那么辛劳？最好当然是像父亲一样，能终日辛劳，还能利他无我，这是我写了十几年文章时常反躬自省的。

母亲常说父亲是劳碌命，平日总闲不下来，一直到这几年身体差了还时常往外跑，不肯待在家里好好地休息。父亲最热心于乡里的事，每回拜拜他总是拿头旗、做炉主，现在还是家乡清云寺的主任委员。他是那种有福不肯独享、有难愿意同当的人。

情深，
万象皆深

　　他年轻时身强体壮，力大无穷，每天挑两百斤的香蕉来回几十趟还轻松自在。我还记得他的脚大得像船一样，两手摊开时像两个扇面。一直到我上初中的时候，他一手把我提起还像提一只小鸡，可是，也是这样棒的身体害了他，他饮酒总不知节制，每次喝酒一定把桌底都摆满酒瓶才肯下桌，喝一打啤酒对他来说是小事一桩，就这样把他的身体喝垮了。

　　在六十岁以前，父亲从未进过医院，这三年来却数度住院，虽然个性还是一样乐观，身体却不像从前硬朗了。这几年来如果说我有什么事放心不下，那就是操心父亲的健康，看到父亲一天天消瘦下去，真是令人心痛难言。

　　父亲有五个孩子，这里面我和父亲相处的时间最少，原因是我离家最早，工作最远。我十五岁就离开家乡到台南求学，后来到了台北，工作也在台北，每年回家的次数非常有限。近几年结婚生子，工作更加忙碌，一年更难得回家两趟，有时颇为自己不能孝养父亲感到无限愧疚。父亲很知道我的想法，有一次他说："你在外面只要向上，做个有益社会的人，就算是有孝了。"

　　母亲和父亲一样，从来不要求我们什么，她是典型的农村妇女，一切荣耀归给丈夫，一切奉献都给子女，比起他们的伟大，我常觉得自己的渺小。

我后来从事报道文学,在各地的乡下人物里,常找到父亲和母亲的影子,他们是那样平凡、那样坚强,又那样伟大。我后来的写作里时常引用村野百姓的话,很少引用博士学者的宏论,因为他们是用生命和生活来体验智慧,从他们身上,我看到了最伟大的情操,以及文章里最动人的质素。

我常说我是最幸福的人,这种幸福是因为我童年时代有好的双亲和家庭,我青少年时代有感情很好的兄弟姊妹;进入中年,有许多知心的朋友。我对自己的成长总抱着感恩之心,当然这里面最重要的基础是来自我的父亲和母亲,他们给了我一个乐观、关怀、良善、进取的人生观。

我能给他们的实在太少了,这也是我常深自忏悔的。有一次我读到《佛说父母恩重难报经》,佛陀这样说:

假使有人,为于爹娘,手持利刀,割其眼睛,献于如来,经百千劫,犹不能报父母深恩。

假使有人,为于爹娘,亦以利刀,割其心肝,血流遍地,不辞痛苦,经百千劫,犹不能报父母深恩。

假使有人,为于爹娘,百千刀戟,一时刺身,于自身中,

情深，
万象皆深

左右出入，经百千劫，犹不能报父母深恩……

读到这里，不禁心如刀割，涕泣如雨。这一次回去看父亲的病，想到这本经书，在病床强忍着要落下的泪，这些年来我是多么不孝，陪伴父亲的时间竟是这样少。

母亲也是，有一位也在看护父亲的郑先生告诉我："要知道你父亲的病情，不必看你父亲就知道了，只要看你妈妈笑，就知道病情好转，看你妈妈流泪，就知道病情转坏，他们的感情真是好。"为了看顾父亲，母亲在医院的走廊打地铺，几天几夜都没能睡个好觉。父亲生病以后，她甚至还没有走出医院大门一步，人瘦了一圈，一看到她的样子，我就心疼不已。

我每天每夜向菩萨祈求，保佑父亲的病早日康健，母亲能恢复以往的笑颜。

这个世界如果真有什么罪业，如果我的父亲有什么罪业，如果我的母亲有什么罪业，十方诸佛、各大菩萨，请把他们的罪业让我来承担吧，让我来背父母亲的业吧！

但愿，但愿，但愿父亲的病早日康复。以前我在田里工作的时候，看我不会农事，他会跑过来拍我的肩说："做农夫，要做一流的农夫；想写文章，要写一流的文章；要做人，要做一等人。"然后觉得自己太严肃了,就说:"如果要做流氓,也要做大尾的流氓呀!"然后父子两人相顾大笑,笑出了眼泪。

我多么怀念父亲那时的笑,也期待再看父亲的笑。

黑衣笔记

最后一个荣耀
一九八五年八月八日

今天是父亲节,父亲今年被推选为模范父亲,将代表旗山镇去接受高雄县政府的表扬、颁奖。我昨夜坐飞机回来,原想一起随父亲到县政府去,可是父亲生病了,体力不支,母亲今早制止他前往,派哥哥代表父亲去领奖。

父亲患的是感冒,咳嗽得非常厉害,一直流冷汗,早上我为他按摩身体,劝他去住医院,他说:"已经看过医生了,只是小感冒，很快就会好的。"然后问起我最近工作的情形，父子谈了半天，我只觉得父亲的语气十分虚弱。

父亲这两年身体很差，患了肾脏病和心脏病，肝脏和肠胃也不太好，动不动就感冒，而且一次比一次严重。我每次读佛经到"无常"两字就想起父亲，两年前他的身体还那么强壮！

下午，哥哥代父亲领奖回来，向父亲母亲报告场面的热闹和盛大，领回了奖牌一面和一些奖品，父亲把奖牌摆在床头，显得非常高兴。

我因报馆工作忙碌，下午搭最后一班从高雄往台北的飞机，父亲对我说："在台北，要自己照顾自己。"这是每次我要离家，他就会说的话。我说："爸，你要多休息。"不知怎的，眼眶有点发热。

在飞机上，突然有一个不祥的预感，觉得浑身不对劲。

围　城
一九八五年八月二十一日

弟弟打长途电话来，说父亲病情较重，送进屏东的人爱医院，他说："爸爸一直叫我不要通知你，怕影响你工作。不过这两天情况很坏，你还是回来吧！"

我赶紧跑去坐飞机，到高雄转出租车直接到屏东，中午就赶到了，妈妈和大弟在照顾父亲。父亲住在加护病房，每天会面只能三次，早上八点、下午一点、晚上八点各一次，妈妈看看会面的时间还早，说："我们到外面去吃中饭吧！留阿源（弟弟的名字）在这里就可以。"

妈妈说，父亲住院已经一个多星期，本来情况还好，所以没通知我，这两天病情严重了起来，妈妈说看到身体检查表，她吓一大跳，病情包括心脏扩大、肺炎、肝硬化、糖尿病、肾功能失常等，五脏六腑都坏掉了。"你爸爸的身体就是喝酒喝坏了，你近年信佛戒酒倒是好事。"妈妈说。

在屏东找不到素菜馆，只好随便在饭店里叫一些白菜、竹笋配饭吃。妈妈说父亲生病后也不能吃荤腥，一吃就吐，只好用胡萝卜、菠菜熬粥给他喝，并问我吃素会不会营养不良。我告诉她身体比以前好，她颇欣慰。

妈妈现在每天念阿弥陀佛佛号，她说："你爸爸听了你的话，每天念南无观世音菩萨名号，他说念观音比念阿弥陀佛顺口。"我说："念什么佛号都是一样的。"

回医院，进加护病房，父亲看到我来，笑得很开心，他说过几天他就要出院了，我用不着操心。我说："爸爸，您好好养病，反正在加护病房没事，就念观世音菩萨，菩萨会保佑您的。"父亲微笑点头。

听大弟说，妈妈到医院一个多星期还没有走出医院一步，今天是她第一次出医院的门口。我听了极为心痛，医院不但变成现代人生命最后的归宿，也成为病人家属的围城，大家都被围在里面、困在里面，实在是可怕的地方。

夜里，小弟从高雄来，哥哥嫂嫂和大姊都从旗山来，一家人因父亲的病围聚在一起，心中感触良多。

我和小弟回高雄睡，妈妈坚持要睡医院走廊，大弟陪伴着她。

自 杀
一九八五年八月二十五日

昨夜坐夜车到台南，早上八点到十点在南鲲鯓盐分地带文艺营演讲《散文的人格与风格》，讲完后惦念父亲的病，坐车直接往屏东。

情深,
万象皆深

父亲的病情时好时坏,一直没有起色。他的情况稍好,妈妈就高兴,一坏,妈妈就流泪,幸而由哥哥、大弟、小弟轮流在医院陪她,使她心情还算平静。这次看到妈妈,我吓了一跳,她瘦了一圈,也老了不少。

她常常对医生说:"请你用最好的药吧!只要能好起来,多少钱我都愿意花。"

这个医院的医生、设备和药都不是一流的,价钱倒是一流的,贵得离谱,父亲每天的医药费都在两万以上,有时要三万多,住院才十天,已经花去三十万,真是可怕的数目。我看父亲的病好像没有好转的迹象,医院也不是好医院,心里真着急,想为父亲转院又不敢,因为他太虚弱了。

夜里,进去看父亲,我问他感觉怎么样。

他说:"念观世音菩萨,感觉好多了。"

晚上,许多亲戚来看父亲,因为气氛热闹,父亲的心情也轻松不少。

我陪妈妈睡在医院走廊,许多家属都这样席地而睡,半夜突然被人声惊醒,原来是急诊的病患送进加护病房。那病患年纪三十几岁,身体看起来很强壮,可是他喝硫酸自杀了,喉咙部分全被烧成焦炭一样,在那里痛苦哀号。

听病人的家属说，他和太太吵架，一时想不开就喝硫酸自杀了，却没有立即死去，才惨成这样子，他的太太在一边痛哭，一句话也说不出来。

在一边听的病患家属里，有一位老人突然叹口气说："唉！有的人恨不得能把自己的家人救活，有的人年纪轻轻的却活得不耐烦，这是什么世界呀！"

是呀！这是什么世界呢？听说每个月因自杀送来急救的人就有十几个，为什么这些人不能珍惜自己的生命呢？有的人求生不得，痛苦不堪，偏偏有的人求死不能，也是痛苦不堪，这大概只有"业"可以解释吧！生死之间这么脆弱，就像一只玻璃瓶子一般，一掉地就碎了，可是就有人用力地把瓶子往地上砸。

一整夜，病房里都传来痛苦的呻吟声，我终夜都不能睡，想到人真是千百种面目，唯一相同的是无常，是生老病死，是苦。

开 刀

一九八五年九月二日

父亲的病急速恶化，腹腔积满了水，无法排出，喉咙也积满了痰，医院说要给他开两刀，哥哥打长途电话来问我的意见，叫我问师父看看。

我打电话给师父，说了父亲的情形，看是不是应该开刀。

师父说："如果他寿限到了，开刀也没有用，还是不要受这种苦了。"

我心里有不祥的感觉，打电话叫哥哥不要让医院开刀，我明天就回去。

回光返照

一九八五年九月三日

带妻儿坐飞机回南部，到的时候父亲正在洗肾，全家人都守在外面等待。

弟弟告诉我，他前天夜里为父亲按摩，一边按摩一边念观世音菩萨的白衣神咒，父亲突然转过头来问他："你有没有见到观世音菩萨？"弟弟说没有，结果父亲面露微笑说："他刚刚来过了。"

我听了眼泪差一点流下来，观世音菩萨真是大慈大悲，听母亲说父亲持观世音名号从没有断过，想必是观世音菩萨来接引父亲了。可是我不敢这样说，怕母亲伤心，我说："观世音菩萨既然来了，爸爸一定会好起来的。"

晚上，爸爸洗肾出来，精神好得出乎意料，声音很洪亮，又恢复以前的笑声，和我们每个人谈笑谈了半个小时，就像他健康的时候全家人围在一起一样。

他问亮言（我的孩子）："亮言，吃饱没？"

亮言说："吃饱了！"

他说："你吃饱了，阿公还没吃饱呢！我要到别的地方去吃了。"

晚上回家，大家都抱着很大的希望，认为父亲会好起来。我把带回来的《弘一法师演讲集》送给哥哥弟弟各一本，里面有《人生的最后》。

我说："不管父亲会不会好起来，万一他的寿限到了，我希望我们用佛教的仪式来办他的丧事。"

全家人都沉默了，因为不敢相信刚刚精神那么好的父亲会过世，只有我知道父亲是回光返照。

因为前天我在佛堂礼拜，对菩萨祈求："如果我的父亲有什么罪业的话，请由我来背父亲的业吧！"许完愿，右眼十分钟后就长出一个大疱,红肿疼痛,可是今天晚上见过父亲,这个疱却消下去了。

助念往生
一九八五年九月四日

清晨,医院来急电,说父亲已不省人事,要立即开刀,我和哥哥赶到医院,哥哥跑去问医生:"你们一直坚持给他开刀,开刀会好吗?"医生说:"不会,可能可以拖几天吧!"

哥哥含泪说:"我不希望我爸爸再受这种折磨。"遂不顾医生的反对,坚持把父亲运回家。

下午一点三十分,由堂哥开救护车到屏东人爱医院把父亲运回旗山。这时父亲已完全不能动弹,我附在父亲耳边说:"爸爸,我们要带您回家了。"父亲微笑,点头。在车上,我一路引导父亲念南无观世音菩萨,父亲随念,虽已不能出声,但从他的口型可以看出他念得非常有力。

回到家里,父亲声息更弱,家人都非常焦急,我说:"我试试请佛光山的师父来为父亲助念。"

打电话到佛光山，辗转找到法务部的宗忍法师，他答应来，使我安心不少。晚上七点半，宗忍师父与另三名法师到家里来为父亲助念阿弥陀佛圣号，父亲张口努力随念，我仿佛听到父亲念佛号的声音大声地回荡在厅堂。

邻居们议论纷纷，有的说："人还没有死就请人来念经了，真是不孝呀！"

我无言。

为了在师父走后，能继续佛号不断，我和哥哥到旗山念佛会借阿弥陀佛录音带及西方三圣像，正好佛光山的师父在那里指导他们共修，九点半念佛会结束，慧军法师率领十一位法师来为父亲助念，加上念佛会的十五位居士，把家里挤得满满的。

这时屋内突然飘来一阵檀香的气味，家中并未点香，檀香味却一阵阵飘来，一阵比一阵浓，于是更虔诚地为父亲助念，这檀香气整夜未散。我趁机向妈妈进言，说菩萨来接引父亲了，我们应该以佛教的方式为父亲办后事，妈妈听到这里落下泪来，同意我的请求。

偷偷地为父亲写好往生牌位，不敢给妈妈看见。

情深,
万象皆深

神识出离

一九八五年九月五日

清晨,再叮咛父亲,如果见到佛菩萨来迎就跟随着去,父亲若有所闻,手指一直动着,好像在数手里的念珠。我对大姊说:"爸爸可能要往生了,我们应该去买一些拜佛的用具。"

七点十分,与大姊到佛具店买佛灯、花瓶、香炉、香、鲜花、四果等,回到家是八点五十分,见哥哥弟弟默默流泪,知道父亲已往生,我扶住妈妈,请她不要大声哭泣,以免影响父亲的往生,我们则大声为父亲念佛号。

打电话给宗忍师父,四位师父于十点半左右抵达,为父亲助念。

亲戚朋友闻讯赶来,四姑妈在门口即放声大哭,我把她请到后面去,并向她解释为什么不能大声哭。有的亲戚说要为父亲更衣,按台湾习俗,人死后要穿七套衣服,我不准他们为父亲更衣,幸得妈妈和哥哥支持我的看法,父亲的遗体才免于搬动。

亲戚说:"现在不换衣服,八小时后身体僵了,怎么换?"

我说:"你们不必操心,我自己来为他换。"

一直为父亲助念到下午五点,妈妈掀开父亲身上的白布,全家人哗然，因为父亲的神情安详、面露微笑，与过世时的表情完全不同。我探触父亲身体，发现他全身柔软一如生前，身体已冰冷，唯头顶有微温，知我佛慈悲，所言不妄，差一点落下泪来。

妈妈哀怨地说："好了，你一个人到极乐世界去享受了，把我们都丢下了……"说完，忍不住落泪。

夜里兄弟一起守灵，我几次进去看父亲，心中不免哀伤，但相信父亲往生净土，使我心中宽慰不少。

整夜为父亲念佛号，最担心的是，妈妈还是一样的哀伤。

入 殓

一九八五年九月六日

早上八点入殓典礼，由佛光山的依忍法师率领四位法师为父亲念《阿弥陀经》《大悲咒》《往生咒》等。

将父亲遗体装入棺中，他的身体仍然柔软。棺底铺了莲花被，遗体上再盖一张莲化被，最上层是陀罗尼被，写满密咒，非常庄严光明，在父亲身上遍撒恒河沙和光明沙，再把光明沙放于父亲眉轮上,然后盖棺,盖棺的时候我们都忍不住落下泪来。

夜里陪母亲看父亲遗容,父亲表情喜悦,一如生前,母亲说:"看起来就像是睡着了一般。"

表嫂送来《地藏经》十一本,我为父亲诵念《地藏经》一部。

做 巡

一九八五年九月八日

大哥冒大雨到圆潭三贡山为父亲找墓地,我本来提议火葬,但母亲不答应,理由是:"你爸爸生前最讨厌人家火葬。"

下午,跑来一个道士,问父亲做巡的事。民间的做巡仿佛我们佛教做七,我说我们用佛教的方式,但妈妈请道士为我们看良辰吉时,他说今天就要做"头巡"。

我跑到旗山念佛会,正好找到依果师父。以前我在佛光山见过依果师父。请他帮忙,他带领念佛会到家里来为父亲念经。

夜里,有一个人来推销要不要"库银"和"纸厝",母亲问我的意见,我说在这些小节上我没有意见,于是决定依民间规矩,为父亲烧纸厝。

七 七

一九八五年九月九日

与哥哥上佛光山与宗忍师父商量父亲的佛事,排定如下:

二七——半天诵《地藏经》。

三七——全天诵《金刚忏》。

四七——全家到佛光山参加地藏法会、三时系念。(当天是地藏菩萨生日,佛光山的师父不能下山。)

五七——半天诵《金刚经》。

六七——半天诵《八十八佛洪名宝忏》。

七七——下午放净土焰口三时系念。

按佛教仪式,做七共要四十九天,每七天做一次,但因适应现代社会,把七七的时间缩短,快一些做完,但在四十九天内仍应为父亲念佛、回向。

对于佛光山的师父能帮忙父亲的佛事,内心充满感激,发愿有生之年,为佛教多做一点事情。旗山念佛会和朝枝表兄嫂来帮忙佛事,也令人难忘。

妈妈在晚上做了决定,把父亲养的鸡送人,鸽子放生,并且父亲的丧事期间,全家茹素。

丧 事

一九八五年九月十日

从父亲过世后,每天在父亲灵前,我单独为父亲诵一部《地藏经》,和家人一起诵一部《阿弥陀经》,全部功德回向给父亲,希望他收得到。

下午诵完《地藏经》,体力不支,竟坐在灵前沉沉睡去,醒来时才想到已几天几夜未好好睡觉。

晚上与专门办素席的薛太太商量办桌事宜,妈妈决定一切从简,只办十四桌。至于放焰口时的物品,则交给大姊、大嫂和我去办,要米六石,菜、水果、干料、罐头等三十脸盆,六道可吃的菜供佛,还要准备花生、零钱、素粽、面粉做的佛手,并且要联络肯参加普度的亲友,看有多少菜,还要去借桌子和脸盆。

颇感办理丧事的烦琐,但幸好选择了佛事,否则烦累可能还超过百倍,光是出殡那天办酒席杀生就不知道要造多少业了。

坛　场

一九八五年九月十一日

这几天父亲过世的忧伤已较减低，唯有妈妈还是要耐心劝慰，她一想到父亲生前种种就忍不住流泪。

佛光山来了六位师父为父亲诵《地藏经》，共三小时才结束，感应十分殊胜。

夜里全家动员布置佛堂，以便三时系念时用，佛光山的宗忍、依忍师父来帮忙，做到十二点才结束，两位师父都满头大汗，叫我不知如何言谢。

拜　忏

一九八五年九月十二日

由依辉、依果法师率八位师父来，带我们拜《金刚般若宝忏》，早上拜上中两卷，下午拜下卷，全家膝盖全部红肿，不过一想到父亲，就一点也不苦了。

由此想到师父比我们辛苦得多，这几天我特别思考到佛教的慈悲与伟大，连一向不是佛教徒的家人都感受到了，希望父亲的往生，使我可以度了我的家人。

地藏法会

一九八五年九月十四日

下午到佛光山，在地藏殿礼拜时，遇到永果师父，他谈到在医院过世的人，若直接推到冷冻柜中，由于神识尚未出离，感受到寒冷的痛苦，可能坠入"寒冰地狱"。世人不知神识出离的重要，想来真是可怕。

晚上全家到佛光山参加三时系念，这是为了地藏菩萨生日所做的大蒙山及普度，我们把这个法会当作父亲佛事的一部分。大悲殿里道场庄严殊胜，但因人数极多，进行十分缓慢。

夜里十一点多才圆满结束。

累　倒

一九八五年九月十五日

今天由依果师父带六名法师来诵《金刚经》，有一位师父诵到一半因过度劳累而昏倒，大家手忙脚乱一场，经过约二十分钟才悠悠醒来，醒来后坚持要继续参加诵经，真是令人感动不已。

下午和大姊、大嫂一起去采购普度要用的东西，沿路都谈佛法，想到这些日子和兄弟守灵，谈的无非是佛法，哥哥弟弟都很有兴趣，如果能把他们带入佛教，相信父亲在天之灵也可得到安慰。

亲　友

一九八五年九月十六日

早上拜《八十八佛洪名宝忏》。

下午，住在远地的亲友纷纷回来，有一些亲戚说我们用佛教仪式办丧事非常好，比民间的庄严清净得多。朝枝兄告诉我，在旗山以佛教仪式办佛事是很少的,能办得像这样纯粹的更少,因为在旗山,佛教徒占的比例太少了。

舅舅甚至对我说:"我死了,就请你帮我办一个和你爸爸一样的。"

反对最厉害的是三伯父,以及父亲生前在庙前喝酒的朋友,他们说:"你父亲生前最反对人家办素席了。"

我想,那是因为父亲的无明。我自己既然已经觉悟,就要努力破这种无明,可能是我的勇气和决心,反对的亲友都一一被我说服了,感谢佛菩萨赐给我力量。

三时系念
一九八五年九月十七日

早上起来就开始布置今天的坛场,动用了十八张大桌子,许多亲戚都来参加普度,所以把桌子摆得满满的,非常壮观。

三时系念由普门中学的校长慧开师父主持,仪式庄严至极,镇上的人都闻风跑来看。许多人都说:"听说佛教的丧事做得很庄严,果然不错。"我想到父亲生前爱面子的个性,忍不住对父亲说:"爸爸,但愿这样的仪式您还喜欢。"

做完三时系念,随俗焚烧纸厝和库银,在渐暗的黄昏中火光熊熊,家人亲友牵着绳子围着那火光,父亲的丧事终于告一段落,我这些天来也够坚强了,但看到库银一沓沓倒下,思及人生无常,竟使我落下泪来。

出　殡
一九八五年九月十八日

早上在旗山体育场举行父亲的告别式,由佛光山的慧德法师率八名师父来主持,法师当场为众人开示人生无常的佛理,为父亲做了最后一场佛事。

随后,我们向来致祭的亲友答礼。在法师的带领下将父亲遗体发引到圆潭三贡山安葬,我们亲手把泥土撒到父亲的新坟里。

回家的路上,亮言问我:"爸爸,阿公就这样埋在地下了,他不会再起来抱我了吗?"

我说:"是的。"忍不住鼻子一阵酸。

我知道，父亲的身体虽然长埋，但他的神识必然会欢喜我为他所做的一切吧！

后记：《黑衣笔记》是父亲过世前后我随手写的笔记，有些地方显得凌乱，为了存真，仍保存其原貌，发表出来，希望作为父亲临终时的一个纪念。

飞入芒花

母亲蹲在厨房的大灶旁边,手里拿着柴刀,用力劈砍香蕉树多汁的草茎,然后把剁碎的小茎丢到灶中大锅,与馊水同熬,准备去喂猪。

我从大厅迈过后院,跑进厨房时正看到母亲额上的汗水反射着门口射进的微光,非常明亮。

"妈,给我两角。"我靠在厨房的木板门上说。

"走!走!走!没看到现在没闲吗?"母亲头也没抬,继续做她的活儿。

"我只要两角银。"我细声但坚定地说。

"要做什么?"母亲被我这异乎寻常的口气触动,终于看了我一眼。

"我要去买金噉。"金噉是三十年前乡下孩子唯一能吃到的糖,浑圆坚硬的糖球上面粘了一些糖粒,一角钱两粒。

"没有钱给你买金噉。"母亲用力地把柴刀剁下去。

"别人都有,为什么我们没有?"我怨愤地说。

"别人是别人,我们是我们。没有就是没有,别人做皇帝,你怎么不去做皇帝!"母亲显然动了肝火,用力地剁香蕉块。柴刀砍在砧板上咚咚作响。

"做妈妈是怎么做的?连两角钱买金噉都没有?"

母亲不再作声,继续默默工作。

我那一天是吃了秤锤铁了心,冲口而出:"不管,我一定要!"说着就用力地踢厨房的门板。

母亲用尽力气,柴刀咔的一声站立在砧板上,顺手抄起一根生火的竹管,气急败坏地一言不发,劈头盖脸就打了下来。

我一转身,飞也似的蹦了出去,平常我们一旦忤逆了母亲,只要一溜烟跑掉,她就不再追究,所以只要母亲一火,我们总是一口气跑出去。

那一天,母亲大概是气极了,并没有转头继续工作,反而快速地追了出来。我正奇怪的时候，发现母亲的速度异乎寻常地快，几乎像一阵风一样，我心里升起一种恐怖的感觉，想到脾气一向很好的母亲，这一次大概是真正生气了，万一被抓到一定会被狠狠打一顿。母亲很少打我们，但只要她动了手，必然会把我们打到讨饶为止。

边跑边想，我立即选择了那条火车路的小径，那是家附近比较复杂而难走的小路，整条都是枕木，铁轨还通过旗尾溪，悬空架在上面，我们天天都在这里玩耍，路径熟悉，通常母亲追我们的时候，我们就选这条路跑，母亲往往不会追来，而她也很少把气生到晚上，只要晚一点回家，让她担心一下，她气就消了，顶多也只是数落一顿。

那一天真是反常，母亲提着竹管，快步地跨过铁轨的枕木追过来，好像不追到我不肯罢休一样。我心里虽然害怕，却还是有恃无恐，因为我的身高已经长得快与母亲平齐了，她即使用尽全力也追不上我，何况是在火车路上。

我边跑边回头望母亲，母亲脸上的表情是冷漠而坚决的。我们一直维持着二十几公尺[1]的距离。

---

[1] 公尺：米的旧称。

情深，
万象皆深

"哎哟！"我跑过铁桥时，突然听到母亲惨叫一声，一回头，正好看到母亲扑跌在铁轨上面，噗的一声，显然跌得不轻。

我的第一反应是：一定很痛！因为铁轨上铺的都是不规则的碎石子，我们这些小骨头跌倒都痛得半死，何况是妈妈？

我停下来，转身看母亲，她一时爬不起来，用力搓着膝盖，我看到鲜血从她的膝上流出，鲜红色的，非常鲜明。母亲咬着牙看我。

我不假思索地跑回去，跑到母亲身边，用力扶她站起，看到她腿上的伤势实在不轻，我跪下去说："妈，您打我吧！我错了。"

母亲把竹管用力地丢在地上，这时我才看见她的泪从眼中急速地流出，然后她把我拉起，用力抱着我，我听到火车从很远很远的地方开过来。

我用力拥抱着母亲说："我以后不敢了。"

这是我小学二年级时的一幕，每次一想到母亲，那情景就立即回到我的心版，重新显影，我记忆中的母亲，那是她最生气的一次。其实，母亲是个很温和的人，她最不同的一点是，她从来不埋怨生活，很可能她心里也是埋怨的，但她嘴里从不说出，我这辈子也没听她说过一句粗野的话。

辑一
心是一切温柔的起点

因此,母亲是比较倾向于沉默的,她不像一般乡下的妇人喋喋不休。这可能与她的教育与个性都有关系,在母亲的那个年代,她算是幸运的,因为受到初中的教育,日据时代的乡间能读到初中已算是知识分子了,何况是个女子。在我们那方圆几里内,母亲算是知识丰富的人,而且她写得一手娟秀的字,这一点是我小时候常引以为傲的。

我的基础教育都是来自母亲,很小的时候她就把《三字经》写在日历纸上让我背诵,并且教我习字。我如今写得一手好字就是受到她的影响,她常说:"别人从你的字里就可以看出你的为人和性格了。"

早期的农村社会,一般孩子的教育都落在母亲的身上,因为孩子多,父亲光是养家已经没有余力教育孩子。我们很幸运的,有一位明理的、有知识的母亲。这一点,我的姊姊体会得更深刻,她考上大学的时候,母亲力排众议对父亲说:"再苦也要让她把大学读完。"在二十年前的乡间,让女孩子去读大学是需要很大的决心与勇气的。

母亲的父亲——我的外祖父——在他居住的乡里是颇受敬重的士绅,日据时代在政府机构任职,又兼营农事,是典型耕读传家的知识分子。他连续生了八个男孩,晚年时才生下母亲,因此，母亲的童年与少女时代格外受到钟爱，我的八个舅舅时常开玩笑地说："我们八个兄弟合起来，还比不上你母亲受宠爱。"

母亲嫁给父亲是"半自由恋爱"，由于祖父有一块田地在外祖父家旁，父亲常到那里去耕作，有时借故到外祖父家歇脚喝水，就与母亲相识，互相闲谈几句，生起一些情意。后来祖父央媒人去提亲，外祖父见父亲老实可靠，勤劳能负责任，就答应了。

父亲提起当年为了博取外祖父母和舅舅们的好感，时常挑着两百多斤的农作在母亲家前来回走过，才能顺利娶回母亲。

其实，父亲与母亲在身材上不是十分相配的，父亲是身高一米八的巨汉，母亲的身高只有一米五，相差达三十厘米。我家有一幅他们的结婚照，母亲站着到父亲耳际，大家都觉得奇怪，问起来，才知道宽大的白纱礼服里放了一个圆凳子。

母亲是嫁到我们家才开始吃苦的，我们家的田原广大，食指浩繁，是当地少数的大家族。母亲嫁给父亲的头几年，大伯父、二伯父相继过世，大伯母也随之去世，家外的事全由父亲撑持，家内的事则由二伯母和母亲负担，一家三十几口的衣食，加上养猪饲鸡，辛苦与忙碌可以想见。

辑一
心是一切温柔的起点

我印象里还有几幕影像鲜明的静照，一幕是母亲以蓝底红花背巾背着我最小的弟弟，用力撑着猪栏要到猪圈里去洗刷猪的粪便。那时母亲连续生了我们六个兄弟姊妹，家事操劳，身体十分瘦弱。我小学一年级，幺弟一岁，我常在母亲身边跟进跟出，那一次见她用力撑着跨过猪圈，我第一次体会到母亲的辛苦而落下泪来，如今那一条蓝底红花背巾的图案还时常浮现出来。

另一幕是，有时候家里缺乏青菜，母亲会牵着我的手，穿过家前的一片营芒花，到番薯田里去采番薯叶，有时候则到溪畔野地去摘鸟莘菜或芋头的嫩茎。有一次母亲和我穿过芒花的时候，我发现她和新开的芒花一般高，芒花雪样的白，母亲的发墨一般的黑，真是非常美。那时感觉到能让母亲牵着手，真是天下最幸福的事。

还有一幕是，大弟因小儿麻痹症死去的时候，我们都忍不住大声哭泣，唯有母亲以双手掩面悲号，我完全看不见她的表情，只见到她的两道眉毛一直在那里抽动。依照习俗，死了孩子的父母在孩子出殡那天，要用拐杖击打棺木，以责备孩子的不孝，但是母亲坚持不用拐杖，她只是扶着弟弟的棺木，默默地流泪，母亲那时的样子，到现在我心中还鲜明如昔。

还有一幕经常上演的是父亲到外面去喝酒彻夜未归，如果是夏日的夜晚，母亲就会搬着藤椅坐在晒谷场说故事给我们听，讲虎姑婆，或者孙悟空，讲到孩子都撑不开眼睛而倒在地上睡着。

有一回，她说故事到一半，突然叫起来说："呀！真美。"我们回过头去，原来是我们家的狗互相追逐跑进前面那一片芒花，栖在芒花里无数的萤火虫哗然飞起，满天星星点点，衬着在月下波浪一样摇曳的芒花，真是美极了。美得让我们都呆住了。我再回头，看到那时才三十岁的母亲，脸上流露着欣悦的光泽，在星空下，我深深觉得母亲是那么美丽，只有那时母亲的美才配得上满天的萤火。

于是那一夜，我们坐在母亲身侧，看萤火虫一一地飞入芒花，最后，只剩下一片宁静优雅的芒花轻轻摇动，父亲果然未归，远处的山头晨曦微微升起，萤火在芒花中消失。

我和母亲的因缘也不可思议，她生我的那天，父亲急急跑出去请产婆来接生，产婆还没有来的时候我就生出了，是母亲拿起床头的剪刀亲手剪断我的脐带，使我顺利地投生到这个世界。

年幼的时候，我是最令母亲操心的一个，她为我的病弱不知道流了多少泪，在我得急病的时候，她抱着我跑十几里路去看医生，是常有的事。尤其在大弟死后，她对我的照顾更是无微不至，我今天能有很棒的身体，是母亲十几年间仔细调护的结果。

我的母亲是这个世界上无数的平凡人之一，却也是这个世界上无数伟大的母亲之一，她是那样传统，有着强大的韧力与耐力，才能从艰苦的农村生活过来，丝毫不怀忧怨恨。她们那一代的生活目标非常单纯，只是顾着丈夫、照护儿女，几乎从没有想过自己的存在，在我的记忆中，母亲的忧病都是因我们而起，她的快乐也是因我们而起。

不久前，我回到乡下，看到旧家前的那一片芒花已经完全不见了，盖起一间一间的透天厝，现在那些芒花呢？仿佛都飞来开在母亲的头上，母亲的头发已经花白了，我想起母亲年轻时候走过芒花的黑发，不禁百感交集。尤其是父亲过世以后，母亲显得更孤单了，头发也更白了，这些都是她把半生的青春拿来抚育我们的代价。

童年时代，陪伴母亲看萤火虫飞入芒花的星星点点，在时空无常的流变里也不再有了，只有当我望见母亲的白发时才想起这些，想起萤火虫如何从芒花中哗然飞起，想起母亲脸上突然绽放的光泽，想起在这广大的人间，我唯一的母亲。

清净之莲

偶尔在人行道上散步，忽然看到从街道延伸出去，在极远极远的地方，一轮夕阳正挂在街的尽头，这时我会想：如此美丽的夕阳，实在是预示了一天即将落幕。

偶尔在某一条路上，见到木棉花叶落尽的枯枝，深褐色的，孤独地站在街边，有一种萧索的姿势，这时我会想：木棉又落了，人生看美丽木棉花的开放能有几回呢？

偶尔在路旁的咖啡店，看绿灯亮起，一位衣着素朴的老妇，牵着衣饰绚如春花的小孙女，匆匆地横过马路，这时我会想：那年老的老妇曾经是花一般美丽的少女，而那少女则有一天会成为牵着孙女的老妇。

偶尔在路上的行人陆桥站住,俯视着在陆桥下川流不息,往四面八方奔窜的车流,却感觉那样的奔驰仿佛是一个静止的画面。这时我会想:到底哪里是起点?而何处才是终站呢?

偶尔回到家里,打开水龙头要洗手,看到喷涌而出的清水,急促地流淌,突然使我站在那里,有了深深的颤动。这时我想着:水龙头流出来的好像不是水,而是时间、心情,或者是一种思绪。

偶尔在乡间小道上,发现了一株被人遗忘的蝴蝶花,形状像极了凤凰花,却比凤凰花更典雅。我倾身闻着花香的时候,一朵蝴蝶花突然飘落下来,让我大吃一惊,这时我会想:这花是蝴蝶的幻影,或者蝴蝶是花的前身吗?

偶尔在静寂的夜里,听到邻人饲养的猫在屋顶上为情欲追逐,互相惨烈地嘶叫,让人的汗毛全部为之竖立,这时我会想:动物的情欲是如此粗糙,但如果我们站在比较细腻的高点来回观人类,人不也是那样粗糙的动物吗?

偶尔在山中的小池塘里见到一朵红色的睡莲,从泥沼的浅地中昂然抽出,开出了一句美丽的音符,仿佛无视外围的染着,这时我会想:呀!呀!究竟要怎么样的历练,我们才能像这一朵清净之莲呢？

偶尔……

偶尔我们也是和别人相同地生活着，可是我们让自己的心平静如无波之湖，我们就能以明朗清澈的心情来照见这个无边的复杂的世界，在一切的优美、败坏、清明、污浊之中都能找到智慧。如果我们是有智慧的人，一切烦恼都会带来觉悟，而一切小事都能使我们感知它的意义与价值。

在人间寻求智慧也不是那样难的，最要紧的是，使我们自己有柔软的心，柔软到我们看到一朵花中的一片花瓣落下，都使我们动容颤抖，知悉它的意义。

唯其柔软，我们才能敏感；唯其柔软，我们才能包容；唯其柔软，我们才能精致；也唯其柔软，我们才能超拔自我，在受伤的时候甚至能包容我们的伤口。

柔软心是大悲心的芽苗，柔软心也是菩提心的种子。柔软心是我们在俗世中生活，还能时时感知自我清明的泉源。

那最美的花瓣是柔软的，那最绿的草原是柔软的，那最广大的海是柔软的，那无边的天空是柔软的，那在天空自在飞翔的云，最是柔软！

我们心的柔软，可以比花瓣更美，比草原更绿，比海洋更广，比天空更无边,比云还要自在。柔软是最有力量,也是最恒常的。

且让我们在卑湿污泥的人间,开出柔软清净的智慧之莲吧!

爱 语

读《大般若波罗蜜多经》,讲到了菩萨的"四摄",非常令人感动。

什么是"四摄"呢?就是布施、爱语、利行、同事四种摄受一切有情,令有情众生起亲爱之心,然后得闻正法的方法。四摄与"慈悲喜舍"四无量心,和"布施、持戒、忍辱、精进、禅定、智慧"六波罗蜜,都是菩萨行的重要方法。但是四无量心和六波罗蜜都有止恶、行善、自净、利他四种意义,是自利利他的,唯独四摄是纯粹的利他。

其中特别令人动容的是"爱语",由于我们在这污浊的人间,每天都在忍受种种不优美、不纯净的语言,所以爱语显得特别重要。

什么是"爱语"呢?《瑜伽师地论》里说:

"云何菩萨自性爱语?谓菩萨于诸有情,常常宣说悦可意语、谛语、法语、引摄义语,当知是名略说菩萨爱语自性。

"云何菩萨一切爱语?谓此爱语略有三种:一者菩萨设慰喻语,由此语故,菩萨恒时对诸有情,远离颦蹙,先发善言,舒颜平视,含笑为先……以是相等慰问有情;二者菩萨设庆悦语,由此语故,菩萨见有情妻子眷属财谷其所昌盛而不自知,如应觉悟以申庆悦,或知信戒闻舍慧增亦复庆悦;三者菩萨设胜益语,由此语故,菩萨宣说一切种德圆满法教相应之语,利益安乐一切有情。"

我们用白话来说,就是菩萨对一切有情众生,常用欢喜的言辞说令人欢喜的话、真实的话、正法的话、引导进入道理的话,这是爱语的性质。

菩萨所用的爱语有三种:一种是安慰晓喻语,以和颜悦色、不愁眉苦脸来安慰众生,使众生心安而明义理;二是欢喜庆祝语,凡看到人家妻贤子孝、衣食丰足,或看到人家在正法上有所得,都能欢喜地庆祝;三是殊胜利益语,是说菩萨的语言永远和义理、正法圆融相应，使一切有情众生听了能有利益而得安乐。

爱语，是我们现代社会普遍冷漠的一帖良药，有时我们一整天没有说过一句爱语，同样一整天没听过一句爱语，我们听到的如果不是言不及义的话，就是妄语、恶口、两舌、绮语，常常觉得难以消受。

有一次，我到区公所排队办事，排了老半天，看到办事的小姐一直紧绷着脸，从没有对一个人和颜悦色、好言相向，当然每一个人面对她时，无不是胆战心惊、小心翼翼，使我想到，像这样的小姐，她活着是多么孤单而痛苦啊！她脸上和心上的每一条筋肉都因冷酷而僵硬了。

如果有一天她从迷执中醒来，用爱语来帮助排队办事的人，她不就是菩萨了吗？因为爱语就是布施，就是利行，就是同事，是一切菩萨的立足之处。

来果禅师说："恶口一言，角长头上；伤人一语，尾生臀际。"这是警策之语，更进一步的，应是仁者口中无恶言，也就是爱语。《佛地经》里说四无量心，"慈是无嗔""悲是不害""喜是庆悦""舍是平等"，爱语在本质上就包含了四种无可限量的心行，因为只有无嗔、不害、庆悦、平等的人才说得出爱语，也只有常说爱语的人才能庄严清净、常怀欢喜、心胸明朗，不被一切的烦恼所恼害，不为一切外境所摇动。

在这个社会，只要人人肯一天说几次爱语，就不知道要增加多少和谐优雅的气氛了。

猫头鹰人

在信义路上,有一个卖猫头鹰的人,平常他的摊子上总有七八只小猫头鹰,最多的时候摆十几只,一笼笼摞高起来,形成一个很奇异的画面。

他的生意顶不错,从每次路过时看到笼子里的猫头鹰全部换了颜色可以知道。他的猫头鹰种类既多,大小也很齐全,有的鹰很小,小到像还没有出过巢,有的很老,老到仿佛已经不能飞动。

我注意到卖鹰人是很偶然的,一年多前我带孩子散步经过,孩子拼命吵闹,想要买下一只关在笼子里的小猫头鹰。那时,卖鹰的人还在卖兔子,摊子上只摆了一只猫头鹰,卖鹰者努力向我推销说:"这只鹰仔是前天才捉到的,也是我第一次来卖猫头鹰。先生,给孩子买下来吧!你看他那么喜欢。"我这才注意到眼前卖鹰的中年人,看起来非常质朴,是刚从乡下到城市谋生活的样子。

我没有给孩子买鹰,那是因为我一向反对把任何动物关在笼子里,而且我对孩子说:"如果都没有人买猫头鹰,卖鹰的人以后就不会到山上去捉猫头鹰了。你看,这只鹰这么小,它的爸爸妈妈一定为找不到它在着急呢!"孩子买不成猫头鹰,央求站在前面再看一会儿,正看的时候,有人以五百元买了那只鹰,孩子哇啦一声,不舍地哭了出来。

此后我常常看见卖鹰的人,他的生意规模一天比一天大,到后来干脆不卖兔子,只卖猫头鹰,定价从五百五十元到一千元左右,生意好的时候,一个月卖掉几十只。我想不通他从何处捕到那么多的猫头鹰。有一次闲谈起来,才知道台湾深山里还有许多猫头鹰,他光是在坪林一带的山里一天就能捕到几只。

他说:"猫头鹰很受欢迎咧!因为它不吵,又容易驯服,生意太好了,我现在连兔子也不卖了,专卖鹰。一有空我就到山上去捉,大部分捉到还在巢中的小鹰,运气好的时候,也能捉到它们的父母……"

我劝他说:"你别捉鹰了,捉鹰的时间做别的也一样赚那么多钱。"

他说:"那不同咧!捉鹰是免本钱稳赚不赔的。"

对这样的人,我也不能再说什么了。

后来我改变散步的路线,有一年多没有见过卖猫头鹰的人,前不久我又路过那一带,再度看到卖鹰者,他还在同一个街角卖鹰,猫头鹰笼子仍然一个摞着一个。

当我看见他时,大大吃了一惊,那卖鹰者的长相与一年前我见到他时完全不同了。他的长相几乎变得和他卖的猫头鹰一样,耳朵上举,头发扬散,鹰钩鼻,眼睛大而瞳仁细小,嘴唇紧抿,身上还穿着灰色掺杂褐色的大毛衣,坐在那里就像是一只大的猫头鹰,只是有着人形罢了。

短短一年多的时间,为什么一个人的长相完全不同了呢?这巨大的变化是从何而来呢?我努力思索卖鹰者改变面貌的原因。我想到,做了很久屠夫的人,脸上的每道横肉,都长得和他杀的动物一样。而鱼市场的鱼贩子,不管怎么洗澡,毛孔里都会流出鱼的腥味。我又想到,在银行柜台数钞票很久的人,脸上的表情就像一张钞票,冷漠而势利。在小机关当主管作威

辑一
心是一切温柔的起点

作福的人，日子久了，脸变得像一张公文，格式十分僵化，内容逢迎拍马。坐在计算机前面忘记人的质量的人，长相就像一架计算机。还有，跑社会新闻的记者，到后来，长相就如同社会版上的照片……

一个人的职业、习气、心念、环境都会塑造他的长相和表情，这是人人都知道的，但像卖猫头鹰的人改变那么巨大而迅速，却仍然出乎我的预想。我的眼前闪过一串影像，卖鹰者夜里去观察鹰的巢穴，白天去捕捉，回家做鹰的陷阱，连睡梦中都想着捕鹰的方法，心心念念在鹰的身上，到后来自己长成一只猫头鹰都已经不自觉了。

我从卖鹰者的前面走过，和他打招呼，他居然完全忘记我了，就如同白天的猫头鹰，眼睛茫然失神，他只是说："先生，要不要买一只猫头鹰？山上刚捉来的。"

这使我在后来的散步里，想起了三千年前瑜伽行者的一部经典《圣典博伽瓦谭》中所记载的巴拉达国王的故事。

巴拉达国王盛年的时候，弃绝了他的王后、家族和广袤的王国，到森林里去。那是因为他相信古印度的经典，认为人应该把中年以后的岁月用于自觉。

他在森林中过着苦行生活，仅仅食用果子和根茎植物，每日专注地冥想，经过一段时间，他的自我从身中醒觉了过来。有一天他正在冥思，忽然看到一只母鹿到河边饮水，随着又听到不远处狮子的大吼，母鹿大吃一惊，正要逃跑的时候，一只小鹿从它的子宫堕下，跌入河中的急流里，母鹿害怕得全身颤抖，在流产之后就死去了。

巴拉达眼看小鹿被冲向下游，动了恻隐之心，便从河里救起小鹿，把小鹿带在自己身边。他从此和小鹿一起睡觉、一起走路、一起洗澡、一起进食，他对待小鹿就如同对待自己的孩子一样，自己的心念完全系在小鹿身上。

有一天，小鹿不见了。巴拉达陷入了非常焦躁的意念里，担心着小鹿的安危就像失去了儿子一样，他完全无法冥思，因为想的都是小鹿，最后他忍不住启程去寻找小鹿。在黑暗的森林里，他如痴如狂地呼唤小鹿的名字，他终于不小心跌倒了，受了重伤，就在他临终的时候，小鹿突然出现在他的身边，就像爱子看着父亲一样看着他。就这样，巴拉达的心念和精神全部集中在小鹿身上，他下次醒来的时候，发现自己成为一头鹿，这已经是他的下一世了。

这是瑜伽对于意念的看法，意念不仅对容貌有着影响，巴拉达因疼爱小鹿，都因而沉进了轮回的转动。那么，捕捉贩售猫头鹰的人，长相日益变成猫头鹰又有什么可怪呢？

和朋友谈起猫头鹰人长相变异的故事，朋友说："其实，变的不只是卖鹰的人，你对人的观照也改变了。卖鹰者的长相本来就那样子，只是习气与生活的濡染改变了他的神色和气质罢了。我们从前没有透过内省，不能见到他的真面目，当我们的内心清明如镜，就能从他的外貌而进入他的神色和气质了。"

难道，我也改变了吗？

在这个世界上，我们的意念都如在森林中的小鹿，迷乱地跳跃与奔跑，这纷乱的念头固然值得担忧，总还不偏离人的道路。一旦我们的意念顺着轨道往偏邪的道路如火车开去，出发的时候好像没有什么，走远了，就难以回头了。所以，向前走的时候每天反顾一下，看看自我意念的轨道是多么重要呀！

我们不仅要常常擦拭自己的心灵之镜，来照见世间的真相；也要常常照照镜子，看看自己的长相与昨日的不同；更要照心灵之镜，才不会走向偏邪的道路。卖猫头鹰的人每天面对猫头鹰，就像在照镜子，我们面对自己俗恶的习气，何尝不是在照镜子呢？

想到这里，有一个人与我错身而过，我闻到栗子的芳香从他身上逸出，抬头一看，果然是天天在街角卖糖炒栗子的小贩。

辑二

爱的开始，
是一个眼色

只要有心，

总有一些事物可以不朽。

横过十字街口

黄昏走到了尾端，光明正以一种难以想象的速度自大地撤离，我坐在车里等红绿灯，希望能在黑夜来临前赶回家。

在匆忙地通过斑马线的人群里，我们通常不会去注意行人的姿势，更不用说能看见行人的脸了，我们只是想着，如何在绿灯亮起时，从人群前面呼啸过去。

就在行人的绿灯闪动、黄灯即将亮起的一刻，从斑马线的开头出现了一个特别的人影，打破了一整个匆忙的画面。那是一个中年的极为苍白细瘦的妇人，她得了什么病我并不知道，但那种病偶尔我们会在街角的某一处见到，就是全身关节全部

辑二
爱的开始，是一个眼色

扭曲，脸部五官统统变形，而不管走路或停止的时候，全身都在甩动的那一种病。

那个妇人的不同是，她病得更重，全身扭成很多褶，就好像我们把一张硬纸揉皱丢在垃圾桶，捡起来再拉平的那个样子。她抖得非常厉害，如同冬天里在冰冷的水塘捞起来的猫抽动着全身。

当她走起来的时候，我眼泪不能自禁地顺着眼角流了下来。

我不知道自己为何落泪，但我宁可眼前的这个妇人不要走路，她每走一步就往不同的方向倾倒过去，很像要一头栽到地上，而又勉力地抖动绞扭着站起，再往另一边倾倒过去，她全身的每一根骨头、每一条筋肉都不能平安地留在应该在的地方，而她的每一举步之艰难，就仿佛她的全身都要碎裂在人行道上。她走的每一步，都使我的心全部碎裂又重新组合，我从来没有在一个陌生人的身上，经验过那种重大的无可比拟的心酸。

那妇人的手还努力地抓住一条绳子，绳子的另一端系在一条老狗的颈上，狗比她还瘦，每一根肋骨都从松扁的肚皮上凸了出来，而狗的右后脚折断了，吊在腿上，狗走的时候，那只断脚悬在虚空中摇晃。但狗非常安静有耐心地跟着主人，缓缓移动，这是多么令人惊吓的景象，仿佛把全世界的酸楚与苦痛都在一刹那间，凝聚在病妇与跛狗的身上。

她们一步步踩着我的心走过，我闭起眼睛，也不能阻住从身上每一处血脉所涌出的泪。

我这条路上的绿灯亮了，但没有一个驾驶人启动车子，甚至没有人按喇叭，这是极少有的景况，在沉寂里，我听见了虚空无数的叹息与悲悯，我相信面对这幅景象，世上没有一个人忍心按下喇叭。

妇人和狗的路上红灯亮了，使她显得更加惊慌，她更着急地想横越马路，但她的着急只能从她的艰难和急切的抖动中看出来，因为不管她多么努力，她的速度也没有加快。从她的脸上也看不出什么，因为她的五官没有一个在正确的位置上，她一着急，口水竟从嘴角落了下来。

我们足足等了一个新的红绿灯，直到她跨上对街的红砖道，才有人踩下油门，继续奔赴目的地而去，一时之间，众车怒吼，呼啸通过。这巨大的响声，使我想起刚刚那一刻，在和平西路的这一个路口，世界是全然静寂无声的，人心的喧闹在当时当地，被苦难的景象压迫到一个无法动弹的角落。

我刚过那个路口不久，天色就整个暗淡下来，阳光已飘忽到不可知的所在，回到家，我脸上的泪痕还未完全干去。坐在饭桌前面，我一口饭也吃不下，心里全是一个人牵着一条狗从路口，一步一步，倾斜颠踬地走过。

这个世界的苦难，总是不时地从我们四周跑出来。我们意识到苦难，却反而感知了自己的渺小，感知了自己的无力。我们心心念念要拯救这个世界的心灵，要使人心和平清净，希望众生都能从苦痛的深渊超拔出来，走向光明与幸福，然而，面对着这样瘦小变形的妇人与她的老弱跛足的狗时，我们能做什么呢？世界能为她做什么呢？

我感觉，在无边的黑暗里，我们只是寻索着一点点光明，如果我们不紧紧踩着光明前进，马上就会被黑暗淹没。我想起《楞严经》里的一段，佛陀问他的弟子阿难："眼盲的人和明眼的人处在黑暗里，有什么不同呢？"

阿难说："没有什么不同。"

佛陀说："不同。眼盲的人在黑暗里什么也看不见，但明眼的人在黑暗里看见了黑暗，他看见光明或黑暗都是看见，他的能见之性并没有减损。"

我看见了，但什么也不能做，我帮不上一点黑暗的忙，这是我落泪的原因。

夜里，我一点也不能进入定境，好像自己正扭动颤抖地横

情深,
万象皆深

过十字街口,心潮澎湃难以静止,我没有再落泪,泪在全身的血脉中奔流。

百年与十分钟

在日本东京的银座街头,有好几家卖古董照相机的店,那些古董相机的性能都还非常好,外表经过整修也和新的一样。

卖古董相机的店员都会对人保证,那相机可以拍出和现代相机效果相当的作品。

"但是,"有一位店员这样说,"要注意这些保存了一百多年的相机,它的曝光时间就要十分钟,现代没有一个人可以静止十分钟让人拍照,只有拿来拍风景和静物了。"

店员说了一个故事:从前有一个人买了一部古董相机,试图用那部相机帮人拍照。他要拍人之前,就告诉那被拍的人说:

"这是一百年前的照相机，曝光就要十分钟，你可以十分钟坐着不动吗？"每一个被拍的人都拍胸脯对他保证："没问题，一百年前的人不都是这样拍照的吗？"可叹的是，他拍遍了所有的亲戚朋友，居然没有一个人能坐着十分钟不动。

最后，拍照的人气了，心想："难道这世界上已经没有一个人能坐着十分钟不动吗？为什么古代看成最自然的事，现在没有人能做到呢？"他找到一个朋友帮他按快门，他自己接受拍照，结果连他自己也不能面对镜头静坐十分钟。

他只好把相机还给卖古董相机的店。

店员指着橱窗说："他退回的照相机就是那一部，要买回去试试吗？"他对每个人都这样说，可是那部相机再没有卖出过，因为每一个现代人都深知，在生活的周围几乎找不到一个可以十分钟坐着不动的人。

这个故事给我们深刻的启示，古代人和现代人对时间的观念是大不相同的。古人一天可能很专注地做一件事情，现代人一天却要做几十件事；古人坐个十分钟是绝对没问题的，现代人却很少有耐心能坐十分钟。拍过照的人都知道，叫一个现代人八分之一秒不动，都不是一件容易的事。

十分钟的价值与意义，经过一百年已经完全不同了。

这也使我们知道为什么在现代修习禅定不容易成功,是因为在体质里,已经失去了深沉、长恒、有耐心的特性。

　　对于某些盲目地忙着,忙到没有时间痛哭一场的现代人,恐怕很难想象,古人拍一张照片要曝光十分钟,现在到大规模的快速冲洗店,十卷底片全部洗好,也只要十分钟的时间呢!

在微细的爱里

苏东坡有一首五言诗,我非常喜欢:

钩帘归乳燕,穴纸出痴蝇。
为鼠常留饭,怜蛾不点灯。

对才华盖世的苏东坡来说,这算是他最简单的诗,一点也不稀奇,但是读到这首诗时,我的心却深深颤动,因为隐在这简单诗句背后的是一颗伟大细致的心。

钩着不敢放下的窗帘,是为了让乳燕能归来。看到冲撞窗户的愚痴的苍蝇，赶紧打开窗门让它出去吧！

担心家里的老鼠没有东西吃，时常为它们留一点饭菜。夜里不点灯，是爱惜飞蛾的生命呀！

诗人那个时代的生活我们已经不再有了，因为我们家里不再有乳燕、痴蝇、老鼠和飞蛾了，但是诗人的情境我们却能体会，他用一种非常微细的爱来观照万物，在他的眼里，看见了乳燕回巢的欢喜，看见了痴蝇被困的着急，看见了老鼠觅食的心情，也看见了飞蛾无知扑火的痛苦，这是多么动人的心境呢？我们有很多人，对施恩给我们的还不知感念，对于苦痛生活在我们身边的人吝于给予，甚至对于人间的欢喜悲辛一无所知，当然也不能体会其他众生的心情。比起这首诗，我们是多么粗鄙呀！

不能进入微细的爱里的人，不只是粗鄙，他也一定不能品味比较高层次的心灵之爱，他只能过着平凡单调的日子，而无法在生命中找到一些非凡之美。

我们如果光是对人有情爱、有关怀，不知道日落月升也有呼吸，不知道虫蚁鸟兽也有欢歌与哀伤，不知道云里风里也有远方的消息，不知道路边走过的每一只狗都有乞求或怨怼的眼神，甚至不知道无声里也有千言万语……那么我们就不能成为一个圆满的人。

情深,
万象皆深

我想起一首杜牧的诗,可以和苏轼这首诗相配,他这样写着:

已落双雕血尚新,鸣鞭走马又翻身。

凭君莫射南来雁,恐有家书寄远人。

飞翔的木棉子

开车从光复南路经过，一路的木棉正盛开，火燃烧了一样，再转罗斯福路、仁爱路、复兴南路、中山北路，都是正向天空招扬的木棉花。每年到这个时候，都市人就知道春天来了，也能感觉到台北不是完全没有颜色的都市。

如果是散步，总会忍不住站在木棉树下张望，或者弯下腰，捡拾几朵刚落下的木棉花，它的姿形与色泽都还如新，却从树上落下了，仿佛又坠落一个春天，夏的脚步向前跨过一步。

木棉落下的声音比其他任何花巨大，啪嗒作响，有时真能震动人的心灵，尤其是在都市比较寂静的正午时分，可以非常

情深,
万象皆深

清晰听见一朵木棉离枝、破风、落地的响声,如果心地足够沉静,连它落下滚动的声息都明晰可闻。

但都市木棉的落地远不如在乡下听来可惊,因为都市之木棉不会结子是人人都知道而习惯了的,因此看到满地木棉花也不觉稀奇。在我生长的南部乡下,每一朵木棉花都会结果,落下的木棉花就显得可惊。

有一次,我住在亲戚家里,亲戚家院里长了两株高大的木棉,春雷响后,木棉开满橙红的花,那种动人的景观只有整群燕子停在电线上差堪比拟。但到了夜半,坐在厢房窗前读书,突然听见木棉花落,声振屋瓦,轰然作响,扯动人的心弦,为什么南方木棉落地,会带来那么大的震动呢?

那是由于在南方,木棉花在开完后并不凋谢,而在树上结成一颗坚实的果子,到了盛夏,果子在阳光下噗然裂开。这时,木棉果里面的木棉子会哗然飞起,每一粒木棉子长得像小钢珠,拖着一丝白色棉花,往远方飞去,有那些裂开时带着弹性之力,且借着风走的木棉子,可以飞到数里之遥,然后下种、抽芽,长成坚强伟岸的木棉树。这是为什么在乡下广大的田野,偶尔会看见一株孤零零的木棉树,那通常是越过几里村野的一颗小小木棉子,在那里落地生根的。

所以，乡下木棉花落会引人叹息，因为它预示了有一朵花没有机会结子、飞翔、落种、成长，尤其当我们看到一朵完整美丽的花落下时特别感到忧伤，会想道：这朵花为何落下？是失去了结子的心愿呢，还是沉溺于自己的美丽而失去了力量？

这些都不可知，但我们看到城市落了满地的木棉花感到可怕，为什么整个城市美丽的木棉花，竟没有一朵结果？更可怕的是，大部分人都以为木棉花掉落是一种必然，甚至忘记这世界上有飞翔的木棉子。

是不是整个城市的木棉花都失去了结子与飞翔的心愿呢？

有时候，这种对自然的思考，会使我感到迷惑。就在我们这块相连的岛屿，北回归线以南的壁虎叫声非常清澈响亮，北回归线以北的壁虎却都是哑巴；若以中央山脉为界，中央山脉以西的白头翁只只白头，以东的同一种鸟却没有白头的，被叫作乌头翁。我常常想，如果把南方会叫的壁虎带过北回归线，它还叫不叫？把西边的白头翁带过中央山脉，它的头白不白？

可惜没有人做过这种实验，使我们留下一些迷思，但有一个例子说不定可以给我们启示性的思考——在中央山脉走到尾端的恒春，由于没有中央山脉为界，同时生长着白头翁与乌头翁，白者白白、黑者白黑；还有沿着北回归线生长的壁虎，有会叫的也有哑巴的，嚣者自嚣、默者自默。那么，或黑或白，或叫嚣或沉默，是不是动物自己的心愿呢？或许是的。这个答案使我们对于都市木棉花的颜色从火的燃烧顿时跌入血的忧伤，它们是失去了结子的心愿，或是对都市的生存环境做着无言的抗议吗？

我开车经过木棉夹岸的道路，有些木棉花滚落到路中央，车子碾过仿佛听到霹雳之声，使人无端想起车轮下的木棉花，如果在南方，它会结出许许多多木棉子，每一粒都带着神奇的棉花翅膀，每一粒都饱孕着生命的力量，每一粒都怀抱着飞翔到远方的志愿……因为有了这些，每一次木棉的开起，都如晨光预示了新的开始。都市里不能结子的木棉花，每一次开起都宣告了一个春天即将落幕，像火红的一直坠入天际的晚霞。

有一天，我在仁爱路上拾起几朵新凋落的木棉花，捧在手上，还能感觉它在树上犹温的血，那一刻我想：一个人不管处在任何环境，都要坚持心灵深处的某些质地，因为有时生命的意义只在说明一些最初的坚持，放弃生命的坚持的人，到最后就如木棉一样，只有开花的心情，终将失去结子飞翔的愿力。

只手之声

如果要我选一种最喜欢的花的名字,我会投票给一种极平凡的花:"含笑"。

说含笑花平凡是一点也不错的,在乡下,每一家院子里它都是不可少的花,与玉兰、桂花、七里香、九重葛、牵牛花一样,几乎是随处可见,它的花形也不稀奇,拇指人小的椭圆形花隐藏在枝叶间,粗心的人可能视而不见。

比较杰出的是它的香气,含笑之香非常浓盛,并且清明悠远,邻居家如果有一棵含笑开花,香气能飘越几里之远,它不像桂花香那样含蓄,也不如夜来香那样畋扈,有点接近玉兰花之香,潇洒中还保有风度，维持着一丝自许的傲慢。含笑虽然十分平民化，香味却是带着贵气。

含笑最动人的还不是香气，而是名字，一般的花名只是一个代号，比较好的则有一点形容，像七里香、夜来香、百合、夜昙都算是好的。但很少有花的名字像含笑，是有动作的，所谓含笑，是似笑非笑，是想笑未笑，是含羞带笑，是嘴角才牵动的无声的笑。

记得小时候有一次看见含笑开了，我从院子跑进屋里，见到人就说："含笑开了，含笑开了！"说着说着，感觉那名字真好，让自己的嘴也禁不住带着笑，又仿佛含笑花真是因为笑而开出米白色没有一丝杂质的花来。

第一位把这种毫不起眼的小白花取名为"含笑"的人，是值得钦佩的，可想而知，他一定是在花里看见了笑意，或者自己心里饱含喜悦，否则不可能取名为含笑。

含笑花不仅有象征意义，也能贴切说出花的特质，含笑花和别的花不同，它是含苞时最香，花瓣一张开，香气就散走了。而且含笑的花期很长，一旦开花，从春天到秋天都不时在开，让人感觉到它一整年都非常喜悦，可惜含笑的颜色没有别的花多彩，只能算含蓄地在笑着罢了。

知道了含笑种种，使我们知道含笑花固然平常，却有它不凡的气质和特性。

但我也知道，"含笑"虽是至美的名字，这种小白花如果不以含笑为名，它的气质也不会改变，它哪里在乎我们怎么叫它呢？它只是自在自然地生长，并开花，让它的香远扬而已。

在这个世界上，许多事物都与含笑花一样，有各自的面目，外在的感受并不会影响它们，它们也从来不为自己辩解或说明，因为它们的生命本身就是最好的说明，不需要任何语言。反过来说，当我们面对没有语言、沉默的世界时，我们能感受到什么呢？

在日本极有影响力的白隐禅师，曾设计过一则公案，就是"只手之声"，让学禅的人参一只手有什么声音。后来，"只手之声"成为日本禅法重要的公案，他们最爱参的问题是："两掌相拍有声，如何是只手之声？"或者参："只手无声，且听这无声的妙音。"

我们翻看日本禅者参"只手之声"的公案，有一些真能得到启发，例如：

老师问："你已闻只手之声，将做何事？"

学生答："除杂草，擦地板，师若倦了，为师按摩。"

老师问:"只手的精神如何存在?"

学生答:"上拄三十三天之顶,下抵金轮那落之底,充满一切。"

老师问:"只手之声已闻,如何是只手之用?"

学生答:"火炉里烧火,铁锅里烧水,砚台里磨墨,香炉里插香。"

老师问:"如何是十五日以前的只手,十五日以后的只手,正当十五日的只手?"

学生伸出右手说:"此是十五日以前的只手。"

学生伸出左手说:"此是十五日以后的只手。"

两手合起来说:"此是正当十五日的只手。"

老师问:"你既闻只手之声,且让我亦闻。"

学生一言不发,伸手打老师一巴掌。

一只手能听到什么声音呢?对于一般人来说可能是大的迷惑,但禅师不仅听见只手之声,在最广大的眼界里从一只手竟能看见华严境界的四法界(理法界、事法界、理事无碍法界、事事无碍法界),有禅师伸出一只手说:"见手是手,是事法界。见手不是手,是理法界。见手不是手,而见手又是手,是理事无碍法界。一只手忽而成了天地,成了山川草木,森罗万象,

辑二
爱的开始,是一个眼色

而森罗万象不出这只手,是事事无碍法界。"

可见一只手真是有声音的!日本禅的概念是传自中国,中国禅师早就说过这种观念。例如云岩禅师问道吾禅师:"大悲菩萨用许多手眼做什么?"道吾说:"如人夜半背手摸枕子。"云岩说:"我会也!"道吾:"汝作么生会?"云岩:"身是手眼!"道吾:"道太煞道,只道得八成。"云岩说:"师兄作么生?"道吾说:"通身是手眼!"

通身是手眼,这才是禅的真意,哪须仅止于只手之声?

从前,长沙景岑禅师对弟子开示说:"尽十方世界是沙门一只眼,尽十方世界是沙门全身,尽十方世界是自己光明,尽十方世界在自己光明里,尽十方世界无一人不是自己。"这岂止是一只手的声音!十方世界根本就与自我没有分别。

一只手的存在是自然,一朵含笑花的开放也是自然,我们所眼见或不可见的世界,不都是自然地存在着吗?

即使世界完全静默,有缘人也能听见静默的声音,这就是"只手之声",还有只手的色、香、味、触、法。在沉默的独处里,我们听见了什么?在喧闹的转动里,我们没听见的又是什么呢?

有的人在满山蝉声的树林中坐着,也听不见蝉声;有的人在喧闹的市集里走着,却听见了蝉声。对于后者,他能在喜笑

情深,
万象皆深

花中看见饱满的喜悦,听见自己的只手之声;对于前者,即使全世界向他鼓掌,也是枉然,何况只是一朵花的含笑呢!

高僧的眼泪

有一位中年以后才出家的高僧,居住在离家很远的寺院里,由于他有很高的修持,许多弟子都慕名来跟随他修行。

平常,他教化弟子们应该断除世缘,追求自我的觉悟,精进开启智慧,破除自我的执着。唯有断除人间的情欲,才能追求无上的解脱。

有一天,从高僧遥远的家乡传来一个消息,高僧未出家前的独子因疾病而死亡了。他的弟子接到这个消息就聚在一起讨论,他们讨论的主题有两个:一是要不要告诉师父这个不幸的消息?二是师父听到独子死亡的消息会有什么反应?

情深，
万象皆深

他们后来得到共同的结论，就是师父虽已断除世缘，孩子终究是他的，应该让他知道这个不幸。并且他们也确定了，以师父那样高的修行，对自己儿子的死一定会淡然处之。

最后，他们一起去告诉师父不幸的变故。高僧听到自己儿子死的消息，竟痛心疾首流下了悲怆的眼泪。弟子们看到师父的反应都感到大惑不解，因为没想到师父经过长久的修行，仍然不能断除人间的俗情。

其中一位弟子就奓着胆子问师父："师父，您平常不是教导我们断除世缘，追求自我的觉悟吗？您断除世缘已久，为什么还会为儿子的死悲伤流泪？这不是违反了您平日的教化吗？"

高僧从泪眼中抬起头来说："我教你们断除世缘，追求自我觉悟的成就，并不是教你们只为了自己，而是要你们因自己的成就使众生得到利益。每一个众生在没有觉悟之前就丧失了人身，都是让人悲悯伤痛的。我的孩子是众生之一，众生都是我的孩子，我为自己的儿子流泪，也是为这世界尚未开悟就死亡的众生悲伤呀！"

弟子听了师父的话，都感到伤痛不已，精进了修行的勇气，并且开启了菩萨的心量。

这实在是动人的故事，说明了修行的动机与目标。如果一个人修行只是在寻求自我的解脱，那么修行者只是自了汉，有什么值得崇敬呢？一个人只有确立了使众生得益的目标，不是为了小我，修行才成为动人的、庄严的、无可比拟的志业。

从这个故事中我们可以找到大乘佛法的真精神。大乘佛法以慈悲心为地，才使万法皆空找到落脚的地方，也可以说是"说空不空"，无我是空，慈悲是不空。虽知无我而不断慈悲，故空而不空；虽行慈悲而不执有我，故不空而空。当一个人不解空义的时候，他不能如实知道一切众生和己身无二无别，则慈悲是有漏的，不是真慈悲。这是为什么高僧要弟子先进入空性，才谈众生无别的慈悲。

进入空性才有真慈悲，《华严经》里说："菩萨摩诃萨入一切法平等性故，不于众生而起一念非亲友想，设有众生，于菩萨所，起怨害心。菩萨亦以慈眼视之，终无恚怒。普为众生作善知识，演说正法，令其修习。譬如大海，一切众毒，不能变坏，菩萨亦尔。一切愚蒙、无有智慧、不知恩德、嗔恨顽毒、骄慢自大、其心盲瞽、不识善法、如是等类、诸恶众生、种种逼恼、无能动乱。"这是多么伟大的境界，想一想，如果菩萨没有进入"一切法平等性"，如何能承担众生的恼乱、爱惜众生如子呢？

佛陀在《涅槃经》里说："我爱一切众，皆如罗睺罗。"（罗睺罗是佛陀的独生子，后随佛出家。）也无非是说明众生如子。菩萨与小乘最大的区别，就是慈悲，例如佛教说三毒贪嗔痴是一切烦恼的根源，修小乘者断贪嗔痴，修大乘菩萨则不断，反而以它来度众生。为什么呢？月溪法师说："贪者，贪度众生，使成佛道。嗔者，呵骂小乘，赞叹大乘。痴者，视众生为子。"菩萨不断贪嗔痴，非菩萨有所执迷，而是慈悲众生，所以不断。

什么是慈悲呢？并不是我们一般说的同情或怜悯，"与乐曰慈，拔苦曰悲"，把众生从苦中救拔出来，给予真实的快乐才是慈悲。

佛法里把慈悲分成三种：一是"众生缘慈悲"，就是以一慈悲心视十方六道众生，如父、如母、如兄弟姊妹子侄，缘之而常思与乐拔苦之心；二是"法缘慈悲"，就是自己破了人我执着，但怜众生不知是法空，一心想拔苦得乐，随众生意而拔苦与乐；三是"无缘慈悲"，就是诸佛之心，知诸缘不实，颠倒虚妄，故心无所缘，但使一切众生自然获拔苦与乐之益。

要有"众生缘慈悲"，才能进入"法缘慈悲"和"无缘慈悲"，若没有众生的成就、缘的成就、慈悲的成就，大乘行者是绝对不可能成就的。高僧的眼泪因此而流，在这娑婆世界的菩萨们见到众生愚迷、至死不悟，何尝不是日日以泪洗心呢？

感同身受

芦苇知道在秋天开出白茫茫的发是感同身受。

枫树知道在秋天展放红艳艳的叶是感同身受。

风,使我们凉,是感同身受。

雨,使我们湿,是感同身受。

阳光,使我们温暖,是感同身受。

涛声,使我们震动,是感同身受。

我们最亲的人病了,我们知道什么是感同身受;我们走过医院病房,听见陌生人的哀号,何尝不感同身受呢?

我们从无助的境况艰困地挣扎出来,当我们再看到无助者

情深,
万象皆深

陷落时,是不是感同身受呢?

我们在路旁看见被疾驰的车撞倒,奄奄喘息血流遍地的一只猫,我们酸楚落泪,是不是感同身受呢?

感同身受再大一些,是无缘大慈;感同身受再深刻一些,是同体大悲;能感同身受又能拔苦与乐,就是菩萨了。

让我们闭起眼睛,观想世界众生在我的心地,然后张开眼睛,以虔诚的心来读一段《华严经》:

皆悉与我同行、同愿、同善根、同出离道、同清净解、同清净念、同清净趣、同无量觉、同得诸根、同广大心、同所行境、同理同义、同明了法、同净色相、同无量力、同最精进、同正法音、同随类音、同清净第一音、同赞无量清净功德、同清净业、同清净报。同大慈周普救护一切、同大悲周普成熟众生、同清净身业随缘集起、令见者欣悦。同清净口业随世语宣布法化、同往诣一切诸佛众会道场、同往诣一切佛刹供养诸佛、同能现见一切法门、同住菩萨清净行地。

亲爱的陌生的人,秋天的时候,我们站在芦苇丛中是不是和芦苇一样感到秋风的凄凉?我们站在层层枫红里,是否也看见了我们被寒风冻红的双颊呢?

那么,我们又何能冷漠地、孤傲地生活在人群里呢?

彩虹汗珠

刚做完运动,坐在阳台乘凉,这时才发现刚刚的大雨已经过了,天边的阳光重新展颜,而在山与山之间挂着一弯又长又大的彩虹,明亮、鲜艳、温暖,多么美的彩虹!如果天天能看见这么美的天空不知道多幸福,我那样想着。

我的汗还在流着,手臂上冒出一粒粒豆大的汗珠,阳光和煦地肤触着,这时我看见自己手臂上的汗珠,每一粒都是七彩的,宛若蕴藏着一道彩虹,和天边的彩虹一样明亮、鲜艳而温暖。

我知道了,手臂上每一粒汗珠里的彩虹与天空那宏伟的彩虹在本质上是没有差别的,这使我知道每一微尘中见一切法界是可以理解的。微尘与法界的关系虽比汗珠与彩虹要甚深微妙，但理体则一，正如《须真天子经》中说的："譬如天下，万川四流，各自有名，尽归于海，合为一味。所以者何？无有异故也。如是天子，不晓了法界者，便呼有异；晓了法界者，便见而无异也。"

看着手臂上的汗珠一粒粒冒出，粒粒晶莹剔透，悉数化为明艳的彩虹，这时就更觉得《华严经》的偈是多么真实，多么辽阔而伟大：

一一毛孔中刹海，等一切刹极微数，
佛悉于中坐道场，菩萨众会共围绕。
一一毛孔所有刹，佛悉于中坐道场，
安处最胜莲花座，普现神通周法界。
一毛端处所有佛，一切刹土极微数，
悉于菩萨众会中，皆为宣扬普贤行。
如来安坐十一刹，一切刹中无不现，
一方无尽菩萨云，普共同来集其所。

轻轻地读诵这首偈，从优美的玄想中抬起头来，天边的彩虹已经消逝，手上汗珠的彩虹仍在闪烁。佛菩萨给我们偶然的

情深,
万象皆深

示现正如天边的彩虹,要很多因缘凑巧才能得见。对一位修行者而言,最重要的不是日日期待天上的彩虹,而是时时看见手上的彩虹与心里的彩虹。

忧伤之雨

下雨的时候走在街上,有时会不自觉地落下泪来,心里感到忧伤。

有阳光的时候走在街上,差不多都能保持愉快的心,温暖地看待世界。

从前不知道原因何在,后来才知道,水性不二,我们心中的忧伤不就是天上的雨吗?明性也不二,我们心中的温暖就会与阳光的光明相映。

下雨天特别能唤起我们的悲心,甚至会感觉到满天的雨也比不上这忍苦世间所流的泪。

情深,
万象皆深

由于世间是这样苦,雨才下个不停。我相信,在诸佛菩萨的净土一定是不下雨的,在那里,满空的光明里,永远有花香随着花瓣飘飘落下。

在苦痛的时候,我们真的可以感受到每一滴雨水,都是前世忧伤的泪所凝结。

雨,是忧伤世间的象征,使我看见了每一位雨中的行人,心里都有着不为人见的隐秘的辛酸。

但想到我们今生落下的每一滴泪,在某一个时空会化成一粒雨珠落下,就感到抬头看见的每一颗雨珠都是我们心田的呈现。

下雨天的时候,我常这样祈愿:

但愿世间的泪,不会下得像天上的雨那样滂沱。
但愿天上的雨,不会落得如人间的泪如此污浊。
但愿人人都能有阳光的伞来抵挡生命的风雨。
但愿人人都能因雨水的清洗而成为明净的人。

这样许愿时,感觉雨和泪都清明了起来。
这样许愿时,使我知道,娑婆世界的雨也是菩萨悲心的感召。

莲瓣之不朽

供养佛的莲花凋谢了，花香仍在，并且带着供养过佛的特有的清净，弃之可惜。

我把莲瓣与莲蕊取下，铺放在白纸上。几天以后，莲花完全干透，香味仿佛隐去，只有颜色仍保有原来的清丽。那谢了的莲瓣仍有难思议之美，用水晶小瓶盛装摆在案前，它自己在清夜里就显现了庄严，这曾供养佛的莲花便如此供养了自性。

已消失香味的莲瓣，香的本质并未失去，在开瓶的刹那从瓶中放散出来，就像那些有好本质的人把人格的馨香含孕在深处，唯有打开瓶塞的人才能闻见。

情深，
万象皆深

    这些干了的莲瓣莲蕊很有大用，泡茶的时候丢几片进去，水中便有莲香，带着清越的气息；焚香的时候铺在炉底，当沉香燃烧时，莲花隐藏的魂魄就醒转过来，令人动容地流动在空中。

    在我的手中，莲花谢了，但并不朽坏，这一点使我异常欢喜，也使我知道在这个世界上，只要有心，总有一些事物可以不朽。那焚烧成烟尘的莲瓣也不是朽坏消失，而是飘到不可知的远方。

辑三

看透人世间
冷暖炎凉

家家都有清风明月,
失去了清风明月才是最可悲的!

大雁塔

唐朝贞观年间建于长安的大雁塔,有一个美丽的传说:

有一天是一位大菩萨舍身的日子,寺里的法师和信徒都到寺前纪念。正在大家聚在一起的时候,一群人字的雁子从天空飞过,有一位僧人起了一个念头,开玩笑地对旁人说:"我们生活艰苦,一直不能饱腹,菩萨也应该知道吧!尤其今天是他舍身的日子。"

他的话声甫落,空中雁群里的一只雁子突然笔直地坠落,当场触地而死。

众人为这突来的景象惊悚莫名,当然没有人敢把这只雁子饱腹，不仅以一颗虔敬的心埋了那只雁子，还在雁子坠落的地方盖了一座大塔，这就是留存到今天，中国最伟大的佛塔大雁塔的缘起。

这个故事也令我惊悚，修行者的念头是多么重要，使我想到《华严经》中说：

菩萨如是念念成熟一切众生，念念严净一切佛刹。

念念普入一切法界，念念皆悉虚空界。

念念普入一切三世，念念成就调伏一切诸众生智。

念念恒转一切法轮，念念恒以一切智道利益众生。

念念普于一切世界种种差别诸众生前，尽未来劫现一切佛成等正觉。

念念普于一切世界一切诸劫修菩萨行不生二想。

好一个念念！就是珍摄每一个念头，清净每一个念头，发行每一个念头。而遍虚空界，每一个念头都是为了供养佛菩萨和利益众生，没有一个念头是为了自己，这才是念念。

要念念不忘利益别人，菩萨的修行并没有公式。我们从一只雁子落下的姿势，看见了坚固的菩萨行，也看见了菩萨飘逸

情深,
万象皆深

衣角时那种超凡之美。

　　菩萨的一世有如雁子,常常只是一念。

蚂蚁三昧

烧香的时候，突然看见一队蚂蚁从庄严的佛像爬过，它们整齐地从佛的足尖往上爬高，从佛的胸前走过，然后走过佛的脸颊，翻越佛的宝髻，顺着佛背，最后蹑足由金色的莲花台上下来。

看这些无声的蚂蚁爬过佛像，我简直呆住了，仿佛听见几百个出力吆喝的声音，循声望去，原来它们是搬着孩子散落在地上的饼屑要回家去。我升起的第一个念头是想把它们吹落，因为佛像是何等庄严，岂容这些小蚂蚁践踏？但我的第二个念头使我停住了，这些蚂蚁都是佛陀口中的众生，佛告诉我们："佛与众生，无二无别。"我怎么能把这些与佛无二的众生吹落呢？第三个念头我想到了，这些蚂蚁是多么伟大，在它们的眼中，佛像与屋前的草地甚至是平等而没有分别的，它们没有恭敬也没有不恭敬，反而我对佛像的恭敬成为一种执着。其实依佛所说，我对爬着的蚂蚁或屋前的草地，都应该同样恭敬，《法华经》不是说"有情无情，同圆种智"吗？

于是，我便很有兴味地看着蚂蚁爬过佛像，走回它们的家，这时我又发现它们爬过佛像并没有特别的理由，反而是走了艰苦的路。为什么蚂蚁要走这条路呢？我想不通，后来知道了，原来平坦与艰苦的路对蚂蚁也没有区别，只有两度空间的蚂蚁，平地与高山对它都是平等的。

坐下来的时候，我想到自己也只是一只蚂蚁。从前我总认为一般人在这个世界是走了平坦的路，我们学习佛道的人则是选择了艰苦之道。今后应该向蚂蚁看齐，要做到平坦与艰苦都能平等看待才好。

看蚂蚁时，不知道为什么就浮起"蚂蚁三昧"四字。

三昧，一般都被说是"定"或"正受"，心定于一处不动曰定，正受所观之法曰正受。但更好的说法是"等持""等念"。

平等保持心，故曰等持。

诸佛菩萨入有情界平等护念，故曰等念。

多么尊贵的蚂蚁，它们受到佛菩萨的平等护念，而且对佛像与草地有平等的心。

这使我悟到了，真正的三昧不是远离散动，而是定乱等持，在平静之境，善心不动固然好，在乱缘之中，能真心体寂、自性不动，不是更高妙吗？

三昧，讲的是自性的平等与法界的平等。

佛经里说："众生蒙佛之加持力，突破六尘之游泥，出现自身之觉理，如赖春雷之响而蛰虫出地，知与佛等无差别者，是平等之义也。"

知道山河大地无不是佛的法身，这是平等。

传说从前五祖弘忍去见四祖道信时还是个孩子，在大殿里解开裤裆就尿起尿来，门人跑来驱赶："去！去！去！哪里的野孩子竟敢在佛殿小便？"年幼的五祖说："你告诉我，何处没有佛，我就去那里尿尿！"四祖听了，惊为大根利器，收为徒弟，果然传了衣钵。这是等持！

不过，这是祖师行径，我们凡夫可不要真到佛殿乱来！

看过蚂蚁爬过佛像，令我开启不少智慧，当天夜里搭出租车，司机说："开出租车也有火候，空车与搭客时能同等看待，

情深,
万象皆深

空车时不着急、不忧心,载客时不心浮、不气躁,能这样子才算是会开出租车了。"

呀!原来到处都有三昧!

路上捡到一粒贝壳

午后，在仁爱路上散步。

突然看见一户人家院子种了一棵高大的面包树，那巨大的叶子有如扇子，一扇扇地垂着，迎着冷风依然翠绿，一如在它热带祖先的雨林中。

我站在围墙外面，对这棵面包树感到十分有兴趣，那家人的宅院已然老旧，不过在这一带有着一个平房，必然是亿万的富豪了。令我好奇的是这家人似乎非常热爱园艺，院子里有着许多高大的树木，园子门则是两株九重葛往两旁生长而在门顶握手，使那扇厚重的绿门仿佛戴着红与紫两色的帽子。

情深，
万象皆深

  绿色的门在这一带是十分醒目的。我顾不了礼貌的问题，往门隙中望去，发现除了树木，主人还经营了花圃，各色的花正在盛开，带着颜色在里面吵闹。等我回过神来，退了几步，发现寒风还鼓吹着双颊，才想起，刚刚往门内那一探，误以为真是春天了。

  脚下有一些裂帛声，原来是踩在一张面包树的扇面了，叶子大如脸盆，却已裂成四片，我遂兴起了收藏一张面包树叶的想法，找到比较完整的一片拾起，意外，可以说非常意外地发现了——树叶下面有一粒粉红色的贝壳。把树叶与贝壳拾起，就离开了那个家门口。

  但是，我已经不能专心地散步了。

  冬天的散步，于我原有运动身心的功能，本来在身心上都应该做到无念和无求才好，可惜往往不能如愿。选择固定的路线散步，当然比较易于无念，只是每天遇到的行人不同，不免使我常思索起他们的职业或背景来，幸而城市中都是擦身而过的人，念起念息有如缘起缘灭，走过也就不会挂心了；一旦改变了散步的路线，起初就会忙碌得不得了，因为新鲜的景物很多，念头也蓬勃，仿佛汽水开瓶一样，气泡兴兴灭灭地冒出来，念头太忙，回家来会使我头痛，好像有某种负担；还有一种情

辑三
看透人世间冷暖炎凉

况,是很久没有走的路,又去走一次,发现完全不同了,这不同有几个原因:一个是自己的心境改变了;一个是景观改变了;还有一个重要原因,是季节更迭了,使我知道,这个世界由无常的因缘所集合而成,一切可见、可闻、可触、可尝的事物竟没有永久(或只是较长时间)的实体,一座楼房的拆除与重建只是比浮云飘过的时间长一点,终究也是幻化。

我今天的散步,就是第三种,是旧路新走。

这使我在尚未捡面包树叶与贝壳之前,就发现了不少异状。例如我记得去年的这个时间,安全岛的菩提树叶已经开始换装,嫩红色的小叶芽正在抽长,新鲜、清明、美而动人。今年的春天似乎迟了一些,菩提树的叶子,感觉竟是一叶未落,老得有一点乌黑,使菩提树看起来承受了许多岁月的压力。发现菩提树一直等待春天,使我也有些着急起来。

木棉也是一样,应该开始落叶了,却尚未落。我知道,像雨降、风吹、叶落、花开、雷鸣、惊蛰都是依时序的缘升起,而今年的春天之缘,为什么比往年来得晚呢?

还看到几处正在赶工的大楼,长得比树快多了,不久前开挖的地基,已经盖到十楼了。从前我们形容春雨来时农田的笋子是"雨后春笋",都市的楼房生长也是雨后春笋一样的。这

情深，
万象皆深

些大楼的兴建使这一带的面目完全改观，新开在附近的商店和一家超级啤酒屋，使宁静与绿意备受压力。

记忆最深刻的是路过一家新开的古董店，明亮橱窗最醒目的地方摆了一个巨大的白水晶原矿石，店家把水晶雕成一只台湾山猪正被七匹狼（或者狗）攻击的样子，为了突出山猪的痛苦，山猪的蹄子与头部是镶了白银的，咧嘴哀嚎，状极惊慌。标价自然十分昂贵，我一辈子一定不能储蓄到与那标价相等的金钱。对于把这么美丽而昂贵的巨大水晶（约有桌面那么大），却做了如此血腥而鄙俗的处理，竟使我生出了一丝丝恨意和巨大怜悯，恨意是由雕刻中的残忍意识而生，怜悯是对于可能把这座水晶买回的富有的人。其实，我们所拥有和喜爱的事物无不是我们心的呈现而已。

如果我有一块如此巨大的水晶，我愿把它雕成一座春天的花园，让它有透明的香气；或者雕成一尊最美丽的观世音菩萨，带着慈悲的微笑，散放清明的光芒；或者雕几个水晶球，让人观想自性的光明；或者什么都不雕，只维持矿石的本来面目。

想了半天才叫了起来，忘记自己一辈子不可能拥有这样的水晶，但这时我知道不能拥有比可以拥有或已经拥有使我更快乐。有许多事物，"没有"其实比"持有"更令人快乐，因为许多的有，是烦恼的根本，而且不断地追求有，会使我们永远徘徊在迷惑与堕落的道路。幸而我不是太富有，还能知道在人世中觉悟，不致被福报与放纵所蒙蔽；幸而我也不是太忙碌或太贫苦，还能在午后散步，兴趣盎然地看着世界。从污秽的心中呈现出污秽的世界，从清净的心中呈现出清净的世界，人的境况或有不同，若能保有清净的观照，不论贫富，事实上都不能转动他。

看看一个人的念头多么可怕，简直争执得要命，光是看到一块残忍的水晶雕刻，就使我跳跃一大堆念头，甚至走了数百公尺完全忽视眼前的一切。直到心里一个声音对我说了一句话才使我从一大堆纷扰的念头中醒来："那只是一块水晶，山猪或狼只是心的觉受，就好像情人眼中的兰花是高洁的爱情，养兰花者的眼中兰花总有个价钱，而武侠小说里，兰花常常成为杀手冷酷的标志。其实，兰花，只是兰花。"

从念头中惊醒，第一眼就看到面包树，接下来的情景如上上述。掌看树叶与贝壳的我也茫然了。

尤其是那一粒贝壳。

这粒粉红色的贝壳虽然新而完好，但不是百货公司出售的那种经过清洗磨光的贝壳，由于我曾在海边住过，可以肯定贝

情深,
万象皆深

壳是从海岸上捡来不久,还带着海水的气息。奇特的是,海边来的贝壳是如何掉落到仁爱路的红砖道上的?或者是无心的遗落,例如跑步时从口袋里掉出来?或者是有心的遗落,例如情人馈赠而爱情已散?或者是……有太多的或者是,没有一个是肯定的答案。唯一肯定的是,贝壳,终究已离开了它的海边。

人生活在某时某地,真如贝壳偶然落在红砖道上,我们不知道从哪里、为何、干什么而来到这个世界,然后不能明确说出原因就迁徙到这个城市,或者说是飘零到这陌生之都。

"我为什么来到这世界?"这句话使我在无数的春天中辗转难眠,答案是渺不可知的,只能说是因缘的和合,而因缘深不可测。

贝壳自海岸来,也是如此。

一粒贝壳,也使我想起在海岸居住的一整个春天,那时我还那么少年,有浓密的黑发,怀抱着爱情的秘密,天天坐在海边沉思。到现在,我的头发和爱情都有如退潮的海岸,露出它平滑而不会波动的面目。少年的我在哪里呢?那个春天我没有拾回一粒贝壳、没有摄过一张照片,如今竟已完全遗失了一样。偶尔再去那个海岸,一样是春天,却感觉自己只是海面上的一个浮沤,一破,就散失了。

辑三
看透人世间冷暖炎凉

世间的变迁与无常是不变的真理,随着因缘的改变而变迁,不会单独存在,不会永远存在,我们的生活有很多时候只是无明的心所映现的影子。因为我们可以这样说,少年的我是我,因为我是从那里孕育,而少年的我也不是我,因为他已在时空中消失。正如贝壳与海的关系,我们从一粒贝壳可以想到一片海,甚至与海有关的记忆,可这粒贝壳竟然是在红砖道上拾到的,与海相隔那么遥远!

想到这些,差不多已走到仁爱路的尽头了,我感觉到自己有时像个狂人,时常和自己对话不停,分不清是在说些什么。我忆起父亲生前有一次和我走在台北街头突然说:"台北人好像猎仔,一天到暗在街仔赖赖趖。"翻译过来是:"台北人好像神经病,一天到处在街头乱走。"我有时觉得自己是猎仔之一,幸而我只是念头忙碌,并没有像逛街者听见换季打折一般,因欲望而狂乱奔走;而且我走路也维持了乡下人稳重谦卑的姿势,不像台北那些冲锋陷阵或龙行虎步的人,显得轻躁带着狂性。

尤其我不喜欢台北的冬天,不断的阴雨,包裹着厚衣的人在拥挤的街道,有如撞球台的圆球撞来撞去。春天来就会好些,会多一些颜色,多一点生机,还有一些悠闲的暖气。

回到家把树叶插在花瓶,贝壳放在案前,突然看到桌上的

情深,
万象皆深

皇历,今天竟是立春了:

"立春:斗指东北,维为立春,时春气始至,四时之卒始,故名立春也。"

我知道,接下来会有雨水、惊蛰、春分、清明、谷雨,台北的菩提树叶会换新,而木棉与杜鹃会如去年盛开。

拈花四品

不与时花竞

诵帚禅师有一首写菊的诗：

篱菊数茎随上下，无心整理任他黄。
后先不与时花竞，自吐霜中一段香。

读这首诗使人有自由与谦下之感，仿佛是读到了自己的心曲，不管这个世界如何对待我，我只要吐出自己胸中的香气，也就够了。

在台湾乡下有时会看到野生的菊花,各种大小各种颜色的菊花,那也不是真正野生的,而是随意被插种在庭园的院子里,它们永远不会被剪枝或瓶插,只是自自然然地长大、开放与凋零,但它们不失去傲霜的本色,在寒冷的冬季,它们总可以冲破封冻,自尊地开出自己的颜色。

有一次在澎湖的无人岛上,看见整个岛已被天人菊所侵占,那遍满的小菊即使在海风中也活得那么盎然,没有一丝怨意的兴高采烈,怪不得历史上那么多诗人画家看到菊花时都要感怀自己的身世,有时候,像野菊那样痛痛快快地活着竟也是一种奢求了。

"天人菊",多么好的名字,是菊花中最尊贵的名字,但它是没有人要的开在角落的海风中的菊花。

最美的花往往和最美的人一样,很少人能看见,欣赏。

山野的香气

带孩子到土城和三峡中间的山中去,正好是春天。这是人迹稀少的山道，石阶上还留着昨夜留下的露水。在极静的山林中，仿佛能听见远处大汉溪的声音。

这时我们看见在林木底下有一些紫色的花，正张开花瓣在呼吸着晨间流动的空气。那是酢浆草花，是这世界上最平凡的花，但开在山中的风姿自是不同，它比一般所见的要大三倍，而且颜色清丽，没有丝毫尘埃。最奇特的是它的草茎，由于土地肥满，最短的茎约有一尺，最长的抽离地面竟达三尺多。

孩子看到酢浆花神奇的美大为惊叹，我们便离开小路走进山间去，摘取遍生在山野相思树下的草花，轻轻一拈，一株长长的酢浆花就被拉拔起来。

春天的酢浆花开得真是繁盛，我们很快就采满了一大束酢浆花，回到家插在花瓶里，好像把一整座山的美丽与春天全带了回来，连孩子都说："从来没有看过这样美的花。"

来访的朋友也全部被酢浆花所惊艳，因为在我们的经验里几乎不能想象，一人束酢浆花之美可以冠绝一切花，这真是"乱头粗服，不掩国色"了。

酢浆花使我想起一位朋友的座右铭：在这个时代里，每个人都像百货公司的化妆品，你的定价能多高，你的价值就有多高。

情深,
万象皆深

紫蓝色之梦

在家乡附近有一个优美的湖,湖水晶明清澈,在分散的几处,开着白色的莲花,我小时候时常在清晨雾露未退时跑去湖边看莲花。

有一天,不知从什么地方漂来一株矮小肥胖的植物,根、茎、叶子都是圆墩墩的,过不久再去看的时候,已经是几株结成一丛。家乡的老人说那是布袋莲,如果不立即清除,很快湖面就会被占满。

没想到在大家准备清除时,布袋莲竟开出一串串铃铛般的偏蓝带紫的花朵,我们都被那异样的美所惊住了,那些布袋莲有点像旅行中的异乡人,看不出它们有什么特殊,却带着谜样的异乡的风采。布袋莲以它美丽的花,保住了生命。

来自外地的布袋莲有着强烈繁衍的生命力,它们很快占据了整个湖面,到最后甚至丢石头到湖里都丢不进去,这时,已经没有人有能力清除它了。

当布袋莲全面开花时,仍然有慑人的美,如沉浸在紫蓝色的梦境,但大家都感到厌烦了,甚至期待着台风或大水把它冲走。

布袋莲带给我的启示是:美丽不可以嚣张,过度的美丽使人厌腻，如同百货公司的化妆品专柜一样。

马鞍藤与马蹄兰

马鞍藤是南部海边常见的植物，盛开的时候就像开大型运动会，比赛似的，它的花介于牵牛花与番薯花之间，但比它们花形更美、花朵更大，气势也更雄浑。

马鞍藤有着非常强盛的生命力，在海边的沙滩曝晒烈日、迎接海风，甚至灌溉海水都可以存活，有的根茎藏在沙中看起来已枯萎，第二年雨季来时，却又冒出芽来。

这又美又强盛的花，在海边，竟少人会欣赏。

另外，与马鞍藤背道而驰的是马蹄兰，马蹄兰的茎叶都很饱满，能开出纯白的仿若马蹄的花朵。它必须种在气温合适、多雨多水的田里，但又怕大风大雨，大雨一下会淋破它的花瓣，大风一吹又使它的肥茎摧折。

这两种花名有如兄弟的花，却表现了完全相反的特质，当然因为这种特质也有了不同的命运。马鞍藤被看成轻贱的花，顺着自然生长或凋落，绝没有人会采摘；马蹄兰则被看成珍贵

情深,
万象皆深

的被宝爱着,而它最大的用途是用在丧礼上,被看成无常的象征。

人生,有时像马鞍藤与马蹄兰一样,会陷入两难之境。不过现代人的选择越来越少,很少人能选择马鞍藤的生活,只好做温室的马蹄兰。

不要指着月亮发誓

"我指着那把树梢涂了银色的圣洁的月亮发誓——"

"啊!不要!不要指着月亮发誓,月亮变化无常,每月有圆有缺,你的爱也会发生变化。"

"那我指着什么发誓呢?"

"根本不要发誓,如果你一定要发誓,就指着你那惹人心动的自身起誓好了,那是我崇拜的偶像,我会相信你的。"

这是莎士比亚戏剧里,罗密欧与朱丽叶的一段对白,当罗密欧对着月亮起誓的时候,被朱丽叶制止了,因为在她的眼中月有阴晴圆缺,一点也不可靠,反而"自身"比月亮还要可信任。后来罗密欧说:"你还没有说出你的爱情的忠诚誓约和我交换呢!"

"在你还没有要求的时候,我已经把我的誓言给你了。"朱丽叶动人地说,"但是我想要的只是现在我所有的这点爱情。"

朱丽叶回家时,罗密欧看着她美丽的背影,说:"我生怕这一切都是梦,太快活如意,怕不是真的。"

最近,梁实秋先生过世了,我找出他翻译的《莎士比亚全集》重读,随意翻到《罗密欧与朱丽叶》,看到这一段颇有感触,尤其人到中年更感觉到"一切都是梦"了。

我从前读过几次这本书,并不是特别喜欢,正如剧中的劳伦斯修道士说的:"最甜的蜜固然本身是味美的,可是不免有一点腻,吃起来要倒胃口。"罗密欧与朱丽叶的爱就像这样,太甜腻了。我的情感观念比较接近劳伦斯说的:"所以要温和地爱,这样方得久远;太快和太慢,其结果是一样迟缓。"

每个人在年轻时候,多少有一点罗密欧与朱丽叶的激情,在梦与醒的边缘、在爱与恨的分际挣扎。爱的时候,不要说对自己、对月亮起誓了,甚至对着皇天后土、宇宙洪荒起誓,恨不能把自己切成一片片放在爱人面前来表明心迹;可是激烈的情爱也导致深刻的仇恨,很少有人能在爱人离开时抱着宽容与感激的心情，大多数人都恨不得把负心的人切成一片片来祭祀自己情感的伤痕。

这使我们明白：爱与恨是同一本质的事物，人人都说罗密欧与朱丽叶是个悲剧，但他们到死的那一刻都还坚心相爱，因此他们不是最惨痛的悲剧，从激情的爱转成激烈的恨的情侣才是最惨痛悲苦的。在"风涛泪浪、交互激荡"的失恋的人，想到从前指着月亮发誓的场面，每一次想到所受的折磨都仿佛是死过一回。从这个观点来看，罗密欧与朱丽叶算什么悲剧呢？简直是值得羡慕的团圆了。

在莎士比亚的眼中，爱与恨有一条直通的捷径，也可以说是相似的事物，他透过剧中的劳伦斯修道士说：

> 啊！草、木、矿石，如果使用得当，
> 都含有很多的伟大的力量：
> 世上没有东西是如此卑贱，
> 以致对于世界毫无贡献，
> 同时物无全美，如果使用不善，
> 也会失去本性，惹出祸端；
> 误用起来，善会变为恶，

>   好好利用，有时恶亦有好结果。
>   这朵小花的嫩苞含有毒性，
>   也能用以治疗某种疾病：
>   这花只要一嗅，香气贯通全身；
>   口尝一下便能麻痹一个人的心。
>   人与药草原是一样，
>   内中有善有恶，互争雄长，
>   恶的一面如果占了上风，
>   死亡很快地要把那植物蛀空。

同时，在《罗密欧与朱丽叶》中也说明了爱与恨都不是永恒的事物，它终有结束之日。爱虽使人说出"你的眼睛比他们二十把剑还要厉害，你只要对我温柔，我不怕他们的敌意"，也让人感受到"一个情人可以跨上夏日空中荡飘的游丝而不会栽下来"，可是，莎士比亚也说："爱神的样子很温柔，行起事来却如此粗暴。""爱情是叹息引起的烟雾，散消之后便有火光在情人眼里暴露；一旦受阻，便是情人眼泪流成的海。"

看清爱与恨在人生中的实相，对我们坚定的步伐是有帮助的，被恨淹没的人是多么愚痴，但被爱所蒙蔽的人不也是一样无知吗？只有我们以清明的心来对待爱，并且以更超越的爱来宽恕失落的情意，我们才能登高，看到人生中更高明的境界。

不要指着月亮发誓，因为月有阴晴圆缺；如果要发誓，请对着自己发誓——让我们真诚地对待人间的一切情爱吧！尽我的所能不去伤害对方，不伤害自己！让爱或恨都能升华，化成我生命中坚强的力量。

清风匝地，有声

在日本神户港，我们把汽车开进"英鹤丸"渡轮的舱底，然后登上顶层的甲板看濑户内海。

这一次，我从神户坐渡轮要到四国，因为听说四国有优美而绵长的海岸线，还有几处国家公园。四国，是日本四大岛中最小的一岛，并且偏处南方，所以是外籍观光客较少去的地方，尤其是九月以后，天气寒凉，枫叶未红，游人就更少了。

从前，要到四国一定要乘渡轮，自从几条横跨濑户内海的长桥建成后，坐渡轮的人就少了。有很多人到四国去不是去看海、看风景的，只是为了去过桥，像鸣门大桥是颇有历史的，而新

> 辑三
> 看透人世间冷暖炎凉

近落成的濑户大桥则宏伟气派,长达十公里,听说所用的钢筋围起来可以绕地球一圈半,许多人来回四国,只为了看濑户大桥粗大的水泥与钢筋。对我而言,要过海,坐渡轮总是更有情味,人生里如果可以选择从容的心情,为什么不让自己从容一些呢?

"英鹤丸"里出乎想象的冷清,零落的游客横躺在长椅上睡觉。我在贩卖部买了一杯热咖啡,一边喝咖啡,一边倚在白色栏杆上看濑户内海。濑户内海果然与预想中的一样美,海水澄蓝如碧,天空秋高无云,围绕着内海的青山,全是透明的绿,这海山与天空的一尘无染,就好像日本传统的茶室,从瓶花到桌椅摸不出一丝尘埃。

在我眼前的就是濑户内海了,我轻轻地叹息着。

我这一次到日本来,希望好好看看濑户内海是重要的行程,原因说来可笑,是因为在日本的书籍里读到了一则中国禅师与日本禅师的故事。

故事大意是这样的:有一位中国禅师到日本拜访了一位日本禅师,两人一起乘船过濑户内海,那位日本禅师是曾到过中国学禅,亲炙过中国山水的。

在船上,日本禅师说:"你看,这日本的海水是多么清澈,山景是多么翠绿呀!看到如此清明的山水,使人想起山里长在清水里那美丽的山葵花呀！"言下为日本的山水感到自负的意味。

中国禅师笑了，说："日本海的水果然清澈，山景也美。可惜，这水如果再混浊一点就更好了。"

日本禅师听了非常惊异，说："为什么呢？"

"水如果混浊一点，山就显得更美了。像这么清澈的水只能长出山葵花，如果混浊一点，就能长出最美丽的白莲花了。"中国禅师平静地说。

日本禅师为之哑口无言。

这是禅师与禅师间机锋的对句，显然是中国禅师占了上风，但我在日本书上看到这则故事，却令我沉思了很久，颇能看见日本人谦抑的态度，也恐怕是这种态度，才使千百年来，濑户内海都能保持干净，不曾受到污染。反过来说，中国人因为自许污水里能开出莲花，所以恣情纵意，把水弄脏了，也毫不在意。

不仅濑户内海吧！我童年时代，家乡有几家茶室，都是色情污秽之地，空间窄小，灯光暗淡，空气里飘浮着酸气、腐臭与霉味，地上都是痰渍。因为我有一位要好的同学是茶室老板的儿子，不免常常要出入，每次我都捂着鼻子走进去，走出来时第一件事则是深呼吸。当时颇为成年男子可以在那么浊劣的地方盘桓终日而疑惑不已,当然也更同情那些卖笑的"茶店仔查某"了。

有一次,同学的父亲告诉我,茶室原是由日本传来,从前中国台湾是没有茶室的。我听了就把乡下茶室的印象当成日本人印象,心想日本民族真怪,怎么喜欢在下流的茶室不喝茶,却饮酒作乐呢?直到第一次去日本,又到几家传统茶室喝茶,简直把我吓坏了,因为日本茶室都是窗明几净、风格明亮,连园子里的花草都长在它应该长的地方,别说是色情了,人走进那么干净的茶室,几乎一丝不净的念头都不会生起,口里更不敢说一句粗俗的话,唯恐染污了茶盘。怪不得日本茶道史上,所有伟大的茶师都是禅师!

同样是"茶室",在日本与中国却有截然不同的风貌,对照了日本禅师与中国禅师的故事就益发令人感慨。由小见大,山水其实就是人心,要了解一个地方人的性格,只要看那地方的山水也就了然。山且不论,看看台湾的水,从小溪、大河到湖泊、沿海,无不是鱼虾死灭、垃圾漂流、污油朵朵、浮尸片片。我每次走过我们土地上的水域,就在里面看到了人心的污渍,在这样脏的水中想开出一朵白莲花,简直不可思议,需要多么大的勇气,多么大的坚持,与多么大的自我清净的力量!

情深,
万象皆深

我坐在濑户内海上的渡轮中,看到船后一长条纯白的波浪时,就仿佛回到了中国禅师与日本禅师在船上对话的场景与心情。在污泥秽地中坚持自我质量的高洁是禅者的风格,可是要怎么样使污秽转成清明则是菩萨的胸怀。要拯救台湾的山水,一定要先从台湾的人心救起,要知道,长出莲花的地虽然污秽,水却是很干净的。

记得从前我当记者的时候,曾为了一个噪声与污染事件去访问一家工厂的负责人。他的工厂被民众包围,被迫停工,他却因坚持而与民众对峙。他闭起眼睛,十分陶醉地对我说:"你听听这工厂机器的转动声,我听起来就像音乐那么美妙,为什么他们不能忍受呢?"我听到他的话忍不住笑起来,他用一种很怀疑的眼神看我,好像在说:"连你也不能欣赏这种音乐吗?"那个眼神到现在我还记得。

确实如此,在守财奴的眼中,钞票乃是人间最美丽的绘画呢!

听过了肆无忌惮的商人的音乐,我们再回到日本的茶室。日本茶道的鼻祖绍鸥曾经说过一句动人的话:"放茶具的手,要有和爱人分离的心情。"这种心情在茶道里叫作"残心",就是在行为上绵绵密密,即使简单如放茶具的动作,也要轻巧、有深沉的心思与情感，才算是个懂茶的人。

反过来说，一个人和爱人分离的心情，若能有如放下名贵茶具的手那么细心，把诀别的痛苦化为祝福的愿望，心中没有丝毫憎恨，留存的只有珍惜与关怀，才是懂得爱情的人。此所以茶道不昧流的鼻祖出云松江说："红叶落下时，会浮在水面；那不落的，反而沉入江底。"

境界高的茶师，并不在于他能品味好茶，而在于他对待喝茶这整个动作的态度，即使喝的只是普通粗茶，他也能找到其中的情趣。

境界高的人生亦如是，并不在于永远有顺境，而是不论顺逆，都能用很好的情味去面对，这就是禅师说的"在途中也不离家舍""不风流处也风流"。因此，我们要评断一个人格调与韵致的高低，要看他失败时的"残心"。有两句禅诗——"掬水月在手，弄花香满衣"，最能表达这种残心。每一片有水的叶子都有月亮的映照，同样，人生的每个行为、每个动作都是人格的展现。没有经过残心的升华，一个人就无法有温柔的心，当然，也难以体会和爱人分离的心情是多么澄清、细密、优美一如秋深落叶的空山了。

从前有一个和尚到农家去诵经，诵经的中途听到了小孩的

情深，
万象皆深

哭声，转头一看，原来孩子趴在地上压到了一把饭铲子，地上很肮脏，孩子的母亲就把他抱起来，顺手把饭铲子放在热腾腾的饭上，洗也不洗。

于是，当孩子的母亲来请吃饭时，和尚假称肚子痛，连饭也没吃，就匆匆赶回寺里。过了一星期，和尚又去这农家诵经，诵完经，那母亲端出了一碗热腾腾的甜酒酿，由于天气严寒，和尚一连喝了好几碗，不仅觉得味美，心情也十分高兴。

等吃完了甜酒酿，孩子的母亲出来说："上一次真不好意思，您连饭都没吃就回去了，剩下很多饭，只好用剩饭做成一些甜酒酿，今天看您吃了很多，我实在感到无比的安慰。"

和尚听了大有感触，为逃避肮脏的饭铲子，没想到反而吃了七天前的剩饭做成的甜酒酿，因而悟到了"一饮一啄，莫非前定"。我们面对人生里应该承受的事物不也是如此吗？沾染饭铲上污物的脏饭与甜酒，表面不同，本质却是一样。所以，欢喜的心最重要，有欢喜心，则春天时能享受花红草绿，冬天时能欣赏冰雪风霜，晴天时爱晴，雨天时爱雨。

好像一条清澈的溪流，流过了草木清华，也流过石畔落叶，它欢跃如瀑布时，不会被拘束，它平缓如湖泊时，也不会被局限，这就是《金刚经》里最动人心弦的一句"应无所住而生其心"。

辑三
看透人世间冷暖炎凉

我眼前的濑户内海也是如此，我体验了它明朗的山水，知道濑户内海不只是日本人的海，而是眼前的海，是大地之海，超越了名字与国籍。海上吹来的风，呼呼有声，在台湾林野里的清风亦如是，遍满大地，有南国的温暖及北地的凉意，匝地，有声。

晋朝有名的女僧妙音法师，写过一首诗：

长风拂秋月，
止水共高洁。
八到净如如，
何容业萦结？

"八到"是指风从东、南、西、北、东南、东北、西南、西北一起到，分不出是从哪里到，静听、感受清风的吹拂，其中有着禅的刘语。在步出"英鹤丸"的时候，我看见了长在清水里的山葵花是美丽的，长在污泥里的白莲花也是美丽的。与爱人相会的心情是美丽的，与爱人分离的心情也是美丽的。

只因为我的心是美丽的，如清风一样，匝地，有声。

143

吾心似秋月

白云守端禅师有一次与师父杨岐方会禅师对坐,杨岐问:"听说你从前的师父茶陵郁和尚大悟时说了一首偈,你还记得吗?"

"记得记得,那首偈是'我有明珠一颗,久被尘劳关锁;今朝尘尽光生,照破山河万朵'。"白云毕恭毕敬地说,不免有些得意。

杨岐听了,大笑数声,一言不发地走了。

白云怔坐在当场,不知道师父听了自己的偈为什么大笑,心里非常愁闷,整天都思索着师父的笑,找不出任何足以令师父大笑的原因。那天晚上他辗转反侧，无法成眠，苦苦地参了一夜。第二天实在忍不住了，大清早就去请教师父："师父听到郁和尚的偈为什么大笑呢？"

杨岐禅师笑得更开心了，对着眼眶因失眠而发黑的弟子说："原来你还比不上一个小丑，小丑不怕人笑，你却怕人笑！"白云听了，豁然开悟。

这真是个幽默的公案，参禅寻求自悟的禅师把自己的心思寄托在别人的一言一行上，因为别人的一言一行而苦恼，真的还不如小丑能笑骂由他，言行自在，那么了生脱死，见性成佛，哪里可以得致呢？

杨岐方会禅师在追随石霜慈明禅师时，也和白云遭遇了同样的问题，有一次他在山路上遇见石霜，故意挡住去路，问道："狭路相逢时如何？"石霜说："你且躲避，我要到那里去！"

又有一次，石霜上堂的时候，杨岐问道："幽鸟语喃喃，辞云入乱时如何？"石霜回答说："我行荒草里，汝又入深村。"

这些无不说明，禅心的体悟是绝对自找的，即便亲如师徒父子也无法同行。就好像人人家里都有宝藏，师父只能指出宝藏的珍贵，却无法把宝藏赠予。杨岐禅师曾留下禅语："心是根，法是尘，两种犹如镜上痕，痕垢尽时光始现，心法双亡性即真。"

情深，万象皆深

人人都有一面镜子，镜子与镜子间虽可互相照映，却是不能取代的。若把自己的喜怒哀乐寄托在别人的喜怒哀乐上，就是永远在镜上抹痕，找不到光明落脚的地方。

在实际的人生里也是如此，我们常常会因为别人的一个眼神、一句笑谈、一个动作而心不自安，甚至茶饭不思、睡不安枕。其实，这些眼神、笑谈、动作在很多时候都是没有意义的，我们之所以心为之动乱，只是由于我们在乎。万一双方都在乎，就会造成"狭路相逢"的局面了。

生活在风涛泪浪里的我们，要做到不畏人言人笑，确是非常不易。那是因为我们在人我对应的生活中寻找依赖，另一方面则又在依赖中寻找自尊，偏偏，"依赖"与"自尊"又充满了挣扎与矛盾，使我们不能彻底地有人格的统一。

我们时常在报纸的社会版上看到，或甚至在生活周遭的亲朋中遇见，许多自虐、自残、自杀的人，理由往往是："我伤害自己，是为了让他痛苦一辈子。"这个简单的理由造成了许多人间的悲剧。然而更大的悲剧是，当我们自残的时候，那个"他"还是活得很好，即使真能使他痛苦，他的痛苦也会在时空中抚平，反而我们自残的伤痕一生一世也抹不掉。纵然情况完全合乎我们的预测，真使"他"一辈子痛苦，又于事何补呢？

可见，"我伤害自己，是为了让他痛苦一辈子"是多么天真无知的想法，因为别人的痛苦或快乐是由别人主宰，而不是由"我"主宰，为让别人痛苦而自我伤害，往往不一定使别人痛苦，却一定使自己落入不可自拔的深渊。反之，我的苦乐也应由我做主，若由别人主宰我的苦乐，那就蒙昧了心里的镜子，有如一个陀螺，因别人的绳索而转，转到力尽而止，如何对生命有智慧的观照呢？

认识自我、回归自我、反观自我、主掌自我，就成为智慧开启最重要的事。

小丑由于认识自我，不畏人笑，故能悲喜自在；成功者由于回归自我，可以不怕受伤，反败为胜；禅师由于反观自我如空明之镜，可以不染烟尘，直观世界。认识、回归、反观自我都是通向自己做主人的方法。

但自我的认识、回归、反观不是高傲的，也不是唯我独尊，而应该有包容的心与从容的生活。包容的心是知道即使没有我，世界一样会继续运行，时空也不会有一刻中断，这样可以让人谦卑。从容的生活是知道即使我再紧张、再迅速，也无法使地球停止一秒，那么何不以从容的态度来面对世界呢？唯有从容的生活才能让人自重。

情深,
万象皆深

　　佛教的经典与禅师的体悟,时常把心的状态称为"心水"或"明镜",这有甚深微妙之意,但"包容的心"与"从容的生活"庶几近之,包容的心不是柔软如心水,从容的生活不是清明如镜吗?

　　水,可以用任何状态存在于世界。不管它被装在任何容器里,都会与容器处于和谐统一的状态,但它不会因容器是方的就变成方的,它无须争辩,却永远不损伤自己的本质,永远可以回归到无碍的状态。心若能持平清净如水,装在圆的或方的容器里,甚至在溪河大海之中,又有什么损伤呢?

　　水可以包容一切,也可以被一切包容,因为水性永远不二。

　　但如水的心,要保持在温暖的状态才可起用。心若寒冷,则结成冰,可以割裂皮肉,甚至冻结世界;心若燥热,则化成烟气消逝,不能再觅,甚至烫伤自己,燃烧世界。

　　如水的心也要保持在清净与平和的状态才能有益,若化为大洪、巨瀑、狂浪,则会在汹涌中迷失自我,乃至伤害世界。

　　我们在现实生活中之所以会遭遇苦痛,正是因为无法认识心的实相,无法恒久保持温暖与平静。我们被炽烈的情绪燃烧时,就化成贪婪、嗔恨、愚痴的烟气,看不见自己的方向;我们被冷酷的情感冻结时,就凝成傲慢、怀疑、自怜的冰块,不能用来洗涤受伤的创口了。

禅的伟大正在这里，它不否定现实的一切冰冻、燃烧、澎湃，而是开启我们的本质，教导我们认识心水的实相。心水的如如之状，并保持这"第一义"的本质，不因现实的寒冷、人生的热恼、生活的波动，而忘失自我的温暖与清净。

镜，也是一样的。

一面清明的镜子，不论是最美丽的玫瑰花或最丑陋的屎尿，都会显出清楚明确的样貌；不论是悠忽缥缈的白云或平静恒久的绿野，也都能自在扮演它的状态。

可是，如果镜子脏了，它照出的一切都是脏的；一旦镜子破碎了，它就完全失去觉照的功能。肮脏的镜子就好像品格低劣的人，所见到的世界都与他一样卑劣；破碎的镜子就如同心性狂乱的疯子，他见到的世界因自己的分裂而无法启用了。

禅的伟大也在这里，它并不教导我们把屎尿看成玫瑰花，而是教我们把屎尿看成屎尿，玫瑰看成玫瑰；它既不否定卑劣的人格，也不排斥狂乱的身心，而是教导卑劣者擦拭自我的尘埃，转成清明，以及指引狂乱者回归自我，有完整的观照。

水与镜子是相似的东西，平静的水有镜子的功能，清明的镜子与水一样晶莹，水中之月与镜中之月不是同样的月之幻

情深，
万象皆深

影吗？

禅心其实就在告诉我们，人间的一切喜乐我们要看清，生命的苦难我们也该承受，因为在终极之境，喜乐是映在镜中的微笑，苦难是水面偶尔飞过的鸟影。流过空中的鸟影令人怅然，镜里的笑痕令人回味，却只是偶然的一次投影呀！

唐朝的光宅慧忠禅师，因为修行甚深微妙，被唐肃宗迎入京都，待以师礼，朝野都尊敬为国师。

有一天，当朝的大臣鱼朝恩来拜见国师，问曰："何者是无明，无明从何时起？"

慧忠国师不客气地说："佛法衰相今现，奴也解问佛法！"（佛法快要衰败了，像你这样的人也懂得问佛法！）

鱼朝恩从未受过这样的屈辱，立刻勃然变色，正要发作，国师说："此是无明，无明从此起。"（这就是蒙蔽心性的无明，心性的蒙蔽就是这样开始的。）

鱼朝恩当即有省，从此对慧忠国师更为钦敬。

正是如此，任何一个外在因缘而使我们波动都是无明，如果能止息外在所带来的内心波动，则无明即止，心也就清明了。

大慧宗杲禅师也有一个类似的故事，有一天，一位将军来拜见他，对他说："等我回家把习气除尽了，再来随师父出家参禅。"

大慧禅师一言不发，只是微笑。

过了几天，将军果然又来拜见，说："师父，我已经除去习气，要来出家参禅了。"

大慧禅师说："缘何起得早，妻与他人眠。"（你怎么起得这么早，让妻子在家里和别人睡觉呢？）

将军大怒："何方僧秃子，焉敢乱开言！"

禅师大笑，说："你要出家参禅，还早呢！"

可见要做到真心体寂，哀乐不动，不为外境言语流转牵动是多么不易。

我们被外境牵动就有如对着空中撒网，必然是空手而出，空手而回，只是感到人间徒然，空叹人心不古、世态炎凉罢了。禅师以及他们留下的经典，都告诉我们本然的真性如澄水、如明镜、如月亮，我们几时见过大海被责骂而还口，明镜被称赞而欢喜，月亮被歌颂而改变呢？大海若能为人所动，就不会如此辽阔；明镜若能被人刺激，就不会这样干净；月亮若能随人而转，就不会那样温柔遍照了。

两袖一甩，清风明月；仰天一笑，快意平生；布履一双，山河自在；我有明珠一颗，照破山河万朵……这些都是禅师的境界，我们虽不能至，心向往之。如果可以在生活中多留一些自己给自己，不要千丝万缕地被别人牵动，在觉性明朗的那一刻，或也能看见般若之花的开放。

历代禅师中最不修边幅，不在意别人眼目的就是寒山、拾得，寒山有一首诗说：

吾心似秋月，

碧潭清皎洁。

无物堪比伦，

更与何人说！

明月为云所遮，我知明月犹在云层深处；碧潭在无声的黑夜中虽不能见，我知潭水仍清。那是由于我知道明月与碧潭平常的样子，在心的清明也是如此。

可叹的是，我要用什么语言才说得清楚呢？寒山大师在很久很久以前就有这样清澈动人的叹息了！

家家有明月清风

到台北近郊登山，在陡峭的石阶中途，看见一个不锈钢桶放在石头上，外面用红漆写了两字"奉水"，桶耳上挂了两个塑胶茶杯，一红一绿。在炎热的天气里喝了清凉的水，让人在清凉里感觉到人的温情。这桶水是由某一个居住在这城市里陌生的人所提供的，他是每天清晨太阳未升起时就抬这么重的一桶水来，那细致的用心是颇能体会到的。

在烟尘滚滚的尘世，人人把时间看得非常重要，因为时间就是金钱，几乎到了没有人愿意为别人牺牲一点点时间的地步，即使是要好的朋友，如果没有重要的事情，也很难约集。但是

情深,
万象皆深

当我在喝"奉水"的时候,想到有人在这上面花了时间与心思,牺牲自己的力气,就觉得在忙碌转动的世界仍然有从容活着的人,他为自己的想法去实践某些奉献的真理,这就是"滔滔人世里,不受人惑的人"。

这使我想起童年住在乡村,在行人路过的路口,或者偏僻的荒村,都时常看到一只大茶壶,上面写着"奉茶",有时还特别钉一个木架子把茶壶供奉起来。我每次路过"奉茶",不管是不是口渴,总会灌一大杯凉茶,再继续前行,到现在我都记得喝茶的竹筒子,里面似乎还有竹林的清香。

我稍稍懂事的时候看到了"奉茶",总会不自禁地想起乡下土地公庙的样子,感觉应该把放置"奉茶"者的心供奉起来,让人瞻仰,他们就是自己土地上的土地公,对土地与人民有一种无言无私之爱,这是"凡劳苦担重担的人,都到我这里来,我必使他得清凉"的胸怀。我想,有时候人活在这个人世,没有留下任何名姓也不是什么要紧的事,只要对生命与土地有过真正的关怀与付出,就算尽了人的责任。

很久没有看见"奉茶"了,因此在台北郊区看到"奉水"时竟低回良久,到底,不管是茶是水,还是在乡在城,其中都有人情的温热。山道边一杯微不足道的凉水,使我在爬山的道

辑三
看透人世间冷暖炎凉

途中有了很好的心情,并且感觉到不是那么寂寞了。

到了山顶,没想到平台上也有一个完全相同的钢桶,这时写的不是"奉水",而是"奉茶",两个塑胶茶杯,一黄一蓝,我倒了一杯来喝,发现茶是滚热的。于是我站在山顶俯视烟尘飞扬的大地,感觉那准备这两桶茶水的人简直是一位禅师了。在完全相同的桶里,一冷一热,一茶一水,连杯子都配得刚刚好,这里面到底是隐藏着怎样的一颗心呢?

我一直认为不管时代如何改变,在时代里总会有一些卓然的人,就好像山林无论如何变化,在山林中总会有一些清越的鸟声一样。同样地,人人都会在时间里变化,最常见的变化是从充满诗情画意逍遥的心灵,变成平凡庸俗而无可奈何,从对人情时序的敏感,成为对一切事物无感。我们在股票号子里(这号子取名真好,有点像古代的厕所)看见许多瞪着广告牌的眼睛,那曾经是看云、看山、看水的眼睛;我们看签六合彩的双手,那曾经是写过情书与诗歌的手;我们看为钱财烦恼奔波的那双脚,那曾经是在海边与原野散过步的脚。我们的眼耳鼻舌身意看起来仍然与二十年前无异,可是在本质上,有时中夜照镜,已经完全看不出它们的联结,那理想主义的、追求完美的、每一个毛孔都充满光彩的我,究竟何在呢?

情深，
万象皆深

清朝诗人张灿有一首短诗："书画琴棋诗酒花，当年件件不离他。而今七事都更变，柴米油盐酱醋茶。"很能表达一般人在时空中流转的变化，从"书画琴棋诗酒花"到"柴米油盐酱醋茶"，人的心灵必然是经过了一番极大的动荡与革命，只是凡人常不自觉自省，任庸俗转动罢了。其实，有伟大怀抱的人物也未能免俗，梁启超有一首《水调歌头》我特别喜欢，其后半阕是："千金剑，万言策，两蹉跎。醉中呵壁自语，醒后一滂沱。不恨年华去也，只恐少年心事，强半为销磨。愿替众生病，稽首礼维摩。"我自己的心境很接近梁任公的这首词，人生的际遇不怕年华老去，怕的是少年心事的"销磨"，到最后只有"醒后一滂沱"了。

在人生道上，大部分有为的青年，都想为社会、为世界、为人类"奉茶"，只可惜到后来大半的人都回到自己家里喝老人茶了。还有一些人，连喝老人茶自遣都没有兴致了，到中年还能有奉茶的心，是非常难得的。

有人问我，这个社会最缺的是什么东西？

我认为最缺的是两种，一是"从容"，一是"有情"。这两种质量是大国民的质量，但由于我们缺少"从容"，因此很难见到步履雍容、识见高远的人；因为缺少"有情"，则很难看见乾坤朗朗、情趣盎然的人。

社会学家把社会分为青年社会、中年社会、老年社会,青年社会有的是"热情",老年社会有的是"从容"。我们正好是中年社会,有的是"务实"。务实不是不好,但若没有从容的生活态度与有情的怀抱,务实到最后正好是柴米油盐酱醋茶,牺牲了书画琴棋诗酒花。一个彻底务实的人正是死了一半的俗人,一个只知道名利实务的社会,则是僵化的庸俗社会。

在《大珠慧海禅师语录》里记载了禅师与一位讲《华严经》座主的对话,可以让我们看见有情从容的心是多么重要。

座主问大珠慧海禅师:"禅师信无情是佛否?"

大珠回答说:"不信。若无情是佛者,活人应不如死人;死驴死狗,亦应胜于活人。经云:佛身者,即法身也,从戒定慧生,从三明六通生,从一切善法生。若说无情是佛者,大德如今便死,应作佛去。"

这说明禅的心是有情,而不是无知无感的。用到我们实际的人生也是如此,一个有情的人虽不能如无情者用那么多的时间来经营实利(因为情感是要付出时间的),可是一个人如果随着冷漠的环境而使自己的心也沉滞,则绝对不是人生之福。

人生的幸福在很多时候是得自看起来无甚意义的事,例如

情深,
万象皆深

某些对情爱与知友的缅怀,例如有人突然给了我们一杯清茶,例如在小路上突然听见了冰果店里传来一段喜欢的乐曲,例如在书上读到了一首动人的诗歌,例如听见桑间濮上的老妇说了一段充满启示的话语,例如偶然看见一朵酢浆花的开放……总的说来,人生的幸福来自自我心扉的突然洞开,有如在阴云中突然阳光显露、彩虹当空,这些看来平淡无奇的东西,是在一株草中看见了琼楼玉宇,是由于心中有一座有情的宝殿。

"心扉的突然洞开",是来自从容,来自有情。

生命的整个过程是连续而没有断灭的,因而年纪的增长等于是生活资料的累积,到了中年的人,往往生活就纠结成一团乱麻了,许多人畏惧这样的乱麻,就拿黄金酒色来压制,企图用物质的追求来麻醉精神的僵滞,以至于心灵的安宁和融都展现成为物质的累积。

其实,可以不必如此,如果能有较从容的心情,较有情的胸襟,则能把乱麻的线路抽出、厘清,看清我们是如何失落了青年时代对理想的追求,看清我们是在什么动机里开始对物质权位的奔逐,然后想一想:什么是我要的幸福呢?我最初所想望的幸福是什么?我的波动的心为何不再震荡了呢?我是怎样落入现在这个古井的呢?

辑三
看透人世间冷暖炎凉

我时常想起台湾光复初期的童年时代，那时社会普遍贫穷，可是大部分人都有丰富的人情，人与人间充满了关怀，人情义理也不曾被贫苦生活所昧却，乡间小路的"奉茶"正是人情义理最好的象征。记得我的父亲常挂在嘴上的一句话是："人活着，要像个人。"当时我不懂这句话的含意，现在才算比较了解其中的玄机。人即使生活条件只能像动物那样，人也不应该活得如动物失去人的有情、从容、温柔与尊严。在中国历代的忧患悲苦之中，中国人之所以没有失去特质，实在是来自这个简单的意念："人活着，要像个人！"

人的贫穷不是来自生活的困顿，而是来自在贫穷生活中失去人的尊严；人的富有也不是来自财富的累积，而是来自在富裕生活里不失去人的有情。人的富有实则是人心灵中某些高贵特质的展现。

家家都有清风明月，失去了清风明月才是最可悲的！

喝过了热乎乎的"奉茶"，我信步走入林间，看到在落叶层缝中有许多美丽的褐色叶片，拾起来一看，原来是褐蝶的双翼因死亡而落失在叶中。看到蝴蝶的翼片与落叶交杂，感觉到蝴蝶结束了一季的生命其实与树叶无异，尘归尘、土归土，有一天都要在世界里随风逝去。

情深,
万象皆深

　　人的身体与蝴蝶的双翼又有什么两样呢？如果在活着的时候不能自由飞翔，展现这片赤诚的身心，让我们成为宇宙众生迈向幸福的阶梯，反而成为庸俗人类物质化的踏板，则人生就失去其意义，空到人间一回了！

　　下山的时候，我想，让我恒久保有对人间有情的胸怀，以及一直保持对生活从容的步履；让我永远做一个为众生奉茶供水，在热恼中得到清凉的人。

黄昏月娘要出来的时候

开车从大溪到莺歌的路上,黄昏悄悄来临了,原本澄明碧绿的山景先是被艳红的晚霞染赤,然后在山风里静静地暗淡下来,大汉溪沿岸民房的灯盏一个一个被点亮。

夏天已经到了尾声,初秋的凉风从大汉溪那头绵绵地吹送过来。

我喜欢黄昏的时候,在乡间道路上开车或散步,这时可以把速度放慢,细细品味时空的变化,不管是时间或空间,黄昏都是一个令人警醒的节点。在时间上,黄昏预示了一天的消失,白日在黑暗里隐遁,使我们有了被时间推迫而不能自主的悲感;

情深，
万象皆深

在空间上，黄昏似乎使我们的空间突然缩小，我们的视野再也不能自由放怀了。那种感觉就像电影里的大远景被一下子跳接到特写一般，我们白天不在乎的广大世界，黄昏时成为片段的焦点——我们会看见橙红的落日、涌起的山岚、斑灿的彩霞、墨绿的山线、飘忽的树影，都有如定格一般。

事实上，黄昏与白天、黑夜之间并没有断绝，日与夜的空间并不因黄昏而有改变，日与夜的时间也没有断落，那么，为什么黄昏会给我们这么特别的感受呢？欢喜的人看见了黄昏的优美，苦痛的人看见了黄昏的凄凉；热恋的人在黄昏下许诺誓言，失恋的人则在黄昏时看见了光明绝望的沉落。

就像今天开车路过乡间的黄昏，坐在我车里的朋友都因为疲倦而沉沉睡去了，穿过麻竹防风林的晚风拍打着我的脸颊，我感觉到风的温柔、体贴与优雅，黄昏的风是多么静谧，没有一点声息。突然一轮巨大明亮的月亮从山头跳跃出来，这一轮月亮的明度与巨大，使我深深地震动，才想起今天是农历六月十八日，六月的明月是一点也不逊于中秋的。

我说看见月亮的那一刻我深深震动，一点也不夸张，因为我心里不自觉地浮起两句忧伤的歌词：

每日黄昏月娘要出来的时候

加添阮心内的悲哀

这是一首闽南语歌《望你早归》的歌词，记得它的原作曲者杨三郎先生曾说过他作这首歌的背景。那时台湾刚刚光复，因为经历了战乱，他想到每一个家庭都有人离散在外，凡有人离散在外，就会有思念的人，而思念，在黄昏夜色将临时最为深沉和悠远，心里自然有更深的悲意，他于是自然地写下了这一首动人的歌。我最爱的正是这两句。

现在时代已经改变了，战乱离散的悲剧不再和从前一样，但是大家还是爱唱这首歌，原因在于，每个人的心灵深处都埋藏着远方的人呀！我觉得在人的情感之中，最动人的不一定是死生相许的誓言，也不一定是缠绵悱恻的爱恋，而是对远方的人的思念。因为，死生相许的誓言与缠绵悱恻的爱恋都会破灭、淡化，甚至在人生中完全消失，唯有思念能穿破时间、空间的阻隔，永久在情感的水面上升化，犹如每日黄昏时从山头升起的月亮一样。

远方的思念是情感中特别美丽的一种，可惜在这个时代的人已经逐渐消失了这种情感，就好像愈来愈少的人能欣赏晚上

情深,
万象皆深

的月色、秋天的白云、山间的溪流一般,人们总是想,爱就要轰轰烈烈,要情欲炽盛,要合乎时代的潮流,于是乎,爱的本质就完全改变了。

思念的情感不是如此,它是心中有情,但眼睛犹能穿透情爱有一个清明的观点。一如太阳在白云之中,有时我们看不见太阳,而大地仍然非常明亮,太阳是永远在的;一如我们所爱的人,不管他是远离、是死亡、是背弃,我们的思念永远不会失去。

佛经里告诉我们:"生为情有。"意思是人因为有情才会投生到这个世界。因此凡是生活在这个世界的人,必然会有许多情缘的纠缠,这些情缘使我们在爱河中载沉载浮,使我们在爱河中沉醉迷惑,如果我们不能在情爱中维持清明的距离,就会在情与爱的推迫之下,或贪恋,或仇恨,或愚痴,或苦痛,或堕落,或无知地过着一生。

尤其是情侣的失散几乎是不可避免的必然了,通常情感失散的时候会使我们愁苦、忧痛甚至怀恨,但是我们必须认识到愁苦、忧痛、怀恨都不能挽救或改变失散的事实,反而增添了心里的遗憾。有时我们会感叹,为什么自己没有菩萨那样伟大的情怀,能站在超拔的海面晴空丽日之处,来看人生中波涛汹涌如海的情爱。

其实也没有关系，假如我们不能忘情，我们也可以从情爱中拔起身影，有一个好的面对。这种心灵的拔起，即是以思念之情代替憾恨之念，以思念之情转换悲苦的心。思念虽有悲意，但那样的悲意是清明的，乃是认识了人生的无常、情爱不能永驻之实相，对自我、对人生、对伴侣的一种悲悯之心。

释迦牟尼佛早就看清了人间有免不了的八苦，就是生、老、病、死、爱别离、怨憎会、所求不得、烦恼炽盛。这八苦的来由，归纳起来，就是一个"情"字，有情必然有苦，若能使情成为思念的流水，则苦痛会减轻，爱恨不至于使我们窒息。

我们都是薄地的凡夫，我很喜欢"凡夫"这两个字，凡夫的"凡"字中间有一颗大心。凡夫之所以永为凡夫，正是多了一颗心。这颗心有如铅锤，蒙蔽了我们自性的清明，拉坠使我们堕落。若能使凡夫之心有如黄昏时充满思念的明月，则即使有心，也是无碍了。能以思念之情来转换情爱失落败坏的人，就可以以自己为灯，做自己的归依处，纵是含悲忍泪，也不会失去自己的光明。

佛陀曾说："情感是由过去的缘分与今世的怜爱所产生，宛如莲花是由水和泥土这两样东西所孕育。"是的，过去的缘分是水，今生的怜爱是泥土，然后开出情感的莲花。

人的情感如果是莲花，就不应该有任何的染着。假如我们会思念、懂得思念、珍惜思念，我们的思念就会化成情感莲花上清明的露水，在清晨或黄昏，闪着炫目的七彩。

每日黄昏月娘要出来的时候
加添阮心内的悲哀

我轻轻地唱起了这《望你早归》的思念之歌，想象着这流动在山林中的和风，有可能是我们思念的远方的人轻轻的呼吸。在千山万水之外，在千年万岁之后，我们的思念是一枚清楚的戳印，它让我们来到这个世界，不失前世的尘缘；它让我们转入未来的时空，还带着今生的记忆。

引动我们悲意的月亮，如果我们能清明，也会使我们心中的明月在乌云密布的山水之间升起。

我想起两句偈：

心清水现月
意定天无云

然后我踩下油门,穿过林间的小路,让风吹过,让月光肤触,心中响着夜曲一般小提琴的声音,琴声围绕中还有一盏灯火,我自问着:远方的人不知听不听得见这思念的琴声?不知看不看得见这光明的灯盏?

你呢?你听见了吗?你看见了吗?

在梦的远方

有时候回想起来,我母亲对我们的期待,并不像父亲那么明显而长远。小时候我的身体差、毛病多,母亲对我的期望大概只有一个,就是祈求我的健康。为了让我平安长大,母亲常背着我走很远的路去看医生,所以我童年时代对母亲留下的第一印象,就是趴在她的背上,去看医生。

我不只是身体差,还常常发生意外,三岁的时候,我偷喝汽水,没想到汽水瓶里装的是"番仔油"(夜里点灯用的臭油),喝了一口顿时两眼翻白,口吐白沫,昏死过去。母亲立即抱着我以跑一百公尺的速度到街上去找医生,那天是大年初二,医

辑三
看透人世间冷暖炎凉

生全休假去了,母亲急得满眼泪,却毫无办法。

"好不容易在最后一家医馆找到医生,他打了两个生鸡蛋给你吞下去,又有了呼吸,眼睛也张开了,直到你张开眼睛,我也在医院昏过去了。"母亲一直到现在,每次提到我喝番仔油,还心有余悸,好像捡回一个儿子。听说那一天她为了抱我看医生,跑了将近十公里。

四岁那一年,我从桌子上跳下时跌倒,撞到母亲的缝纫机铁脚,后脑壳整个撞裂了,母亲正在厨房里煮饭。我自己挣扎站起来叫母亲,母亲从厨房跑出来。

"那时,你从头到脚,全身是血,我看到第一眼,浮起心头的一个念头是:这个团仔无救了。幸好你爸爸在家,坐他的脚踏车去医院,我抱你坐在后座,一手捏住脖子上的血管,到医院时我也全身是血,立即推进手术房,推出来时你叫了一声妈妈,呀!呀!我的团仔活了,我的团仔回来了……我那时才感动得流下泪来。"母亲说这段时,喜欢把我的头发撩起,看我的耳后,那里有一道二十公分[1]长的疤痕,像蜈蚣盘踞着,听说我摔了那一次,聪明了不少。

---
[1] 公分:厘米的旧称。

情深，
万象皆深

　　由于我体弱，母亲只要听到有什么补药或草药吃了可以使孩子的身体好，就会不远千里去求药方，抓药来给我补身体，可能补得太厉害，我六岁的时候竟得了疝气，时常痛得在地上打滚，哭得死去活来。

　　"那一阵子，只要听说哪里有先生、有好药，都要跑去看，足足看了两年，什么医生都看过，什么药都吃了，就是好不了。有一天有一个你爸爸的朋友来，说开刀可以治疝气，虽然我们对西医没信心，还是送去开刀了，开一刀，一个星期就好了。早知道这样，两年前送你去开刀，不必吃那么多苦。"母亲说吃那么多苦，当然是指我而言，因为她们那时代的妈妈，是从来不会想到自己的苦。

　　过了一年，我的大弟得了小儿麻痹症，一星期就过世了，这对母亲来说是个严重的打击。由于我和大弟年龄最近，她差不多把所有的爱都转到我身上，对我的照顾可以说是无微不至，并且在那几年，对我特别溺爱。

　　例如，那时候家里穷，吃鸡蛋不像现在的小孩可以吃一个，而是一个鸡蛋要切成"四洲"（就是四片）。母亲切白煮鸡蛋有特别的方法，她不用刀子，而是用车衣服的白棉线，往往可以切到四片同样大，然后像宝贝一样分给我们，每次吃鸡蛋，她常背地里多给我一片。有时候很不容易吃苹果,一个苹果切十二片,她也会给我两片。如果有斩鸡,她总会留一碗鸡汤给我。

可能是母亲的照顾周到,我的身体竟奇迹似的好起来,变得非常健康,常常两三年都不生病,功课也变得十分好,很少读到第二名。我母亲常说:"你小时候读了第二名,自己就跑到香蕉园躲起来哭,要哭到天黑才回家。真是死脑筋,第二名不是很好了吗?"

但身体好、功课好,母亲并不是就没有烦恼,那时我个性古怪,很少和别的小朋友玩在一起,都是自己一个人玩,有时自己玩一整天,自言自语,即使是玩杀刀,也时常一人扮两角,一正一邪互相对打,而且常不小心让匪徒打败了警察,然后自己蹲在田岸上哭。幸好那时候心理医生没现在发达,否则我一定早被送去了。

"那时庄稼囝仔很少像你这样独来独往的,满脑子不知在想什么。有一次我看你坐在田岸上发呆,我就坐在后面看你,那样看了一下午,后来我忍不住流泪,心想:这个孤怪囝仔,长大以后不知要给我们变出什么出头,就是这个念头也让我伤心不已。后来天黑,你从外面回来,我问你:'你一个人坐在田岸上想什么?'你说:'我在等煮饭花开,等到花开我就回

171

来了。'这真奇怪,我养一手孩子,从来没有一个坐着等花开的。"母亲回忆着我童年的一个片段。煮饭花就是紫茉莉,总是在黄昏时盛开,我第一次听到它是黄昏开时不相信,就坐一下午等它开。

不过,母亲的担心没有太久,因为不久有一个江湖术士到我们镇上,母亲先拿大弟的八字给他排,他一排完就说:"这个孩子已经不在世上了,可惜是个大富大贵的命,如果给一个有权势的人做儿子,就不会夭折了。"母亲听了大为佩服,就拿我的八字去算,算命的说:"这孩子小时候有点怪,不过,长大会做官,至少做到省议员。"母亲听了大为安心,当时在乡下做个省议员是很了不起的事,从此她对我的古怪不再介意,遇到有人对她说我个性怪异,她总是说:"小时候怪一点没什么要紧。"

偏偏在这个时候,我恢复正常。小学五六年级我交了好多好多朋友,每天和朋友混在一起,玩一般孩子的游戏,母亲反而担心:"哎呀!这个孩子做官无望了。"

我十五岁就离家到外地读书了,母亲因为会晕车,很少到我住的学校看我,我们见面的机会就少了,她常说:"出去好像丢掉,回来像是捡到。"但每次我回家,她总是唯恐我在外

辑三
看透人世间冷暖炎凉

地受苦,拼命给我吃,然后在我的背包里塞满东西。有一次我回到学校,打开背包,发现里面有我们家种的香蕉、枣子;一罐奶粉、一包人参、一袋肉松;一包她炒的面茶、一串她绑的粽子,以及一罐她亲手腌渍的凤梨竹笋豆瓣酱……还有一些已经忘了。那时觉得东西多到可以开杂货店。

那时我住在学校,每次回家返回宿舍,和我住一起的同学都说是小过年,因为母亲给我准备的东西,我一个人根本吃不完。一直到现在,我母亲还是这样,我一回家,她就把什么东西都塞进我的包包,就好像台北闹饥荒,什么都买不到一样。有一次我回到台北,发现包包特别重,打开一看,原来母亲在里面放了八罐汽水。我打电话给她,问她放那么多汽水做什么,她说:"我要给你们在飞机上喝呀!"

高中毕业后,我离家愈来愈远,每次回家要出来搭车,母亲一定放下手边的工作,陪我去搭车,抢着帮我付车钱,仿佛我还是个三岁的孩子。车子要开的时候,母亲都会倚在车站的栏杆向我挥手,那时我总会看见她眼中有泪光,看了令人心碎。

要写我的母亲是写不完的,我们家五个兄弟姊妹,只有大哥侍奉母亲,其他的都高飞远扬了,但一想到母亲,好像她就站在我们身边。

情深,
万象皆深

这一世我觉得没有白来,因为会见了母亲。我如今想起母亲的种种因缘,也想到小时候她说的一个故事:

有两个朋友,一个叫阿呆,一个叫阿土,他们一起去旅行。

有一天来到海边,看到海中有一个岛,他们一起看着那座岛,因疲累而睡着了。夜里阿土做了一个梦,梦见对岸的岛上住了一位大富翁,在富翁的院子里有一株白茶花,白茶花树根下有一坛黄金,然后阿土的梦就醒了。

第二天,阿土把梦告诉阿呆,说完后叹了一口气说:"可惜只是个梦!"

阿呆听了信以为真,说:"可不可以把你的梦卖给我?"阿土高兴极了,就把梦的权利卖给阿呆。

阿呆买到梦以后,就往那个岛出发,阿土卖了梦就回家了。

到了岛上,阿呆发现果然住了一个大富翁,富翁的院子里果然种了许多茶树,他高兴极了,就留下做富翁的用人,做了一年,只为了等待院子的茶花开。

第二年春天,茶花开了,可惜所有的茶花都是红色,没有一株是白茶花。阿呆就在富翁家住了下来,等待一年又一年,许多年过去了,有一年春天,院子里终于开出一棵白茶花。阿呆在白茶花树根掘下去,果然掘出一坛黄金。第二天他辞工回到故乡，成为故乡最富有的人。

卖了梦的阿土还是个穷光蛋。

这是一个日本童话，母亲常说："有很多梦是遥不可及的，但只要坚持，就可能实现。"她自己是个保守传统的乡村妇女，和一般乡村妇女没有两样，不过她鼓励我们要有梦想，并且懂得坚持，光是这一点，使我后来成为作家。

作家可能没有做官好，但对母亲是个全新的体验，成为作家的母亲，她在对乡人谈起我时，为我小时候的多灾多难、古灵精怪全找到了答案。

辑四

每一寸时光都有欢喜

这世界从来没有隐藏过我们,
我们的耳朵听见河流的声音,
我们的眼睛看到一朵花开放,
　我们的鼻子闻到花香……

践地唯恐地痛

从前,有一位名叫龙树的圣者,修行无死瑜伽,已经得到了真正成就,除非他自己想死,或者死的因缘到来,外力没有一种方法可以杀死他。

然而龙树知道还有一种方法可以杀他,因为他从前曾经无心地斩杀过一片青草,这个恶业还没有酬报。

有一天,龙树被一群土匪捉去了,土匪把刀子架在他脖子上,却砍不死他。

龙树就对土匪说:"这样杀,你们是杀不死我的,如果你们用别的方法杀也杀不死我,因为我已修成了不可思议的能力。

但是我曾伤害过一些青草,如果你们抓一把青草放在我的颈上,就能将我杀死。"

土匪于是依他所说,放些青草在他颈上,就这样把他杀死了。

龙树的故事真是一则动人的传说,它说明了,即使对植物行使恶业,也会得到果报。虽然龙树在那一刻也可以选择不死,但他了知因果的法则,为圆满修行的功德,乃不惜一死。最令人感动的是,所谓"无死瑜伽"的真正成就,不是肉身的不死,而是法身的长存。

近些年来,时常有人问我,学佛的人要如何来面对现实社会的问题,尤其是面对大家都关心的环境保育与爱护动物的问题,佛教徒应有什么样的态度?龙树菩萨的故事给我们提供了一个最好的答案。消极地说,斩杀一片青草都是有业报的,因此佛教徒应该爱护大地上的一切事物;积极地说,热心参与投入环境保育与爱护动物的社会工作,正是一种勇猛的菩萨行,当我们看到非佛教徒实践这样的理想,也应以菩萨观之无疑。

在佛制里,每到夏天,僧侣有"结夏安居"的传统。结夏安居即夏天应在寺院里闭关,除了潜心修行还有一个重要的意义,就是夏天蛇虫在外面出没频仍,若外出走动很容易伤及生命。此外,僧侣在夜间也避免外出行走,走的时候应俯首看脚下,也是担心无意中伤害了无辜的生物。

我们虽然无法做到像出家人一样,但是心里应该学习那样细微的慈悲。我们爱惜自己生命的同时,应该也能想到一切生物,乃至一株卑微的小草,都与我们一样爱惜生命,如此,我们就能更戒慎、更小心地生活。

也许有人会觉得奇怪,为什么连斩杀青草都有业报呢?要知道,在每一片青草里都有着无数的生命,或者有许多生物依赖青草为生,恣情伤害青草,不也等于间接伤害了生命吗?

当我们看到一些工厂排放废水,流入了清澈的河川时,仿佛听见了鱼族悲凄的哭喊,而一些污染了大地的行为,也好像使我们感受到树木花草以及其中许多小生命垂死的挣扎。所以说,佛弟子应该珍惜山河大地,一者山河大地乃是佛的法身,二者不但要自求清净,也要求国土清净。

佛陀的本生因缘里,有一世名为"睒子",是一个非常孝顺父母、无限慈悲的人,经典上说他"践地唯恐地痛"。读到这样的句子真是令人心痛,当一个人踩在地上时那样轻巧小心,珍惜着大地,唯恐自己踩重了一步使大地疼痛,那么他肯定是不会伤害任何一个众生的。

"践地唯恐地痛"这一句话表达了菩萨无限的感恩、无限的慈悲与无限的承担!

我们应该体会龙树的心情,学习睒子的精神。我们取用这世界上的一切东西,要如赶赴情人的约会那样地珍惜与欢欣。我们用过了的事物放下时,要如与爱侣分离那样地不忍与不舍。

我们要轻轻地走路、用心地过活;我们要温和地呼吸、柔软地关怀;我们要深刻的思想、广大的慈悲;我们要爱惜一株青草、践地唯恐地痛!这些都是修行的深意呀!

有情十二帖

前　生

前生，我们也是在这样的溪畔道别的吧！

要不然，我从山径一路走来，心原是十分平静的，可是我看见这条溪时，心为什么如水波一样涌动起来？周围清冽的空气，使我感到一种不知何处流来的可惊的寒冷。

以溪水为镜，我努力地想知道，这条溪与我有着什么样的因缘？或者是，我如何在溪的此岸，看着你渐去渐远的身影？或者是，同在一岸，你往下游走去，而我却溯源而上？

我什么都照映不出来，因为溪水太激动了。

这已是春天了呀！草正绿着，花正盛开，阳光正暖，溪水为什么竟有清冷而空茫的感觉呢？

想是与久远的前生有着不可知的关系。

在春天的时候，临溪而立，特别能感觉到生命是一道溪流，不知从何流来，不知流向何处。

此刻的我，仿佛是奔流的河溪中刚刚落下的一片叶子。

流　转

在十字路口的古董店临窗的角落，我坐在一张太师椅上，立刻就站起来，因为那张椅子上还留着别人坐过的温度。

从小我就不习惯坐别人坐过的热椅子，宁可站着等那椅子冷了，才落座。尤其古董店的椅子，据说这张椅是清朝传下的，那美丽的雕花让我知道这不是平民的椅子，它的第一个主人曾经是富有的人吧！

现在，那个富有的人，他的财富必然已经散尽了，他的身体一定也在时空中消亡了，留下这一组椅子，没有哭笑，在午后的阳光中静静的，几乎是睡着一般。

我在古董店转了一圈，好像与时空一起流转，唐朝的三彩马，明代的铜香炉，清朝的瓷器，民初的碗盘，有很多还完美如新。有一张八仙彩，新得还像某一个脸容贞静的妇女一针一针刺绣上去，针痕还在锦上，人却已经远去了，像空气，像轻轻的铜铃声。

在古董店，我们特别能感受时光的无情以及生命的短暂。步出古董店时我觉得，即使在早春，也应珍惜正在流转的光阴。

山　雨

看着你微笑着，无声，在茫茫的雨雾中从山下走来，你撑着的花伞，在每一格石阶一朵一朵开上来，三月道旁的杜鹃与你的伞一样有艳红的颜色。在春雨的绵绵里，我的忧伤，像雨里的乱草缠绵在一起，忧伤的雨就下在我的眼中。

眼看你就要到山顶，却在坡道转弯处隐去了，隐去如山中的风景，静默。雨，也无声。

山顶的凉亭里，有人在下棋，因为棋力相当，两个人静静地对坐着，偶尔传来一声"将军"，也在林间转了又转，才会消失。

我看着满天的雨,感觉这阵雨永远也不会停。

你果然没有到山顶上,转过坡道又下山了,我看着你的背影往山下走去,转一道弯就消失了,消失成雨中的山、空茫的山。

山雨不停,我心中忧伤的雨也一如山雨。

这阵雨永远也不会停了!看着满天的雨,我这样想着。

突然听到凉亭里传来一声高扬的:将军!

四 月

我最喜欢四月的阳光。四月的阳光不冷不热,透明温润有琉璃的质感。

四月的阳光,使每一朵花都是水晶雕成,在风里唱着希望之歌,歌声五色仿佛彩虹。

四月的阳光,使每一株草都是翡翠繁生,在土地写着明日之诗,诗草湛蓝一如海洋。

在四月的阳光中,我们把冬寒的灰衣褪去,肤触着遥远天际传来的温热,使我想起童年时代,赤身奔跑过四月的田野,阳光就像母亲温暖的怀抱,然后我们跳入还留着去年冬寒的溪里游水。最后，我们带着全身琉璃的水珠躺在大石上，水一丝丝化入空中，我们就在溪边睡着了。

在四月的阳光中，草原、树林、溪流、石头都是净土，至少对无忧的孩子是这样的。所以，不论什么宗教，都说我们应该胸怀一如赤子，才能进入清净之地。

四月还是四月，温暖的阳光犹在，可叹的是我们都不再是赤子了。

石　狮

我们走过生命的原野时，要像狮子一样，步步雄健，一步留下一个脚印。

我们渡过生命的河流之际，要像六牙香象，中流砥柱，截河而流，主宰自己生命的河流与方向。

我们行经生命的丛林小径，要像灰鹿之王，威严而柔和，雄壮而悲悯，使跟随我们的鹿群都能平安温饱。

这些都是佛经的譬喻，是要我们期许自己像狮子一样威猛，像香象一样壮大，像鹿王一样温和庄严。当我们想起这几种动物，真有如自己站在高山顶上，俯视着莽莽的林木与茫茫的草原，也有那样的气派。

狮子是文殊师利菩萨的坐骑，白象是普贤菩萨的坐骑，都是极有威势的护法，尤其狮子更是普遍，连民间一般寺庙都是由狮子来护法的。

今天路过一座寺庙，看到门前的石狮子有不同的表情，几乎是微笑着的，然后我想起每座寺庙前的狮子，虽是石头雕成，每只的表情都有细微的不同。

即使是石狮子，也是有心，特别是在温馨的五月清晨的微风之中。

欢 喜

黄山谷有一天去拜访晦堂禅师，问禅师说："禅宗的奥义究竟是什么？"

晦堂禅师说："《论语》上说：'二三子，以我为隐乎？吾无隐乎尔。'禅对你们也没有什么隐藏，这意思你懂吗？"

黄山谷说："我不懂。"

然后，两人都沉默了，一起在山路上散步，当时，盛开的木樨花正在开放，香味满山。

晦堂问："你闻到香味了吗？"

"是，我闻到了！"黄山谷说。

"我像这木樨花香一样，没有隐瞒你呀！"禅师说。

黄山谷听了，像突然打开心眼一样开悟了。

是的，这世界从来没有隐藏过我们，我们的耳朵听见河流的声音，我们的眼睛看到一朵花开放，我们的鼻子闻到花香，我们的舌头可以品茶，我们的皮肤可以感受阳光……在每一寸的时光中都有欢喜，在每个地方都有禅悦。

我曾在一个开满凤凰花的城市住了三年，今天看到一棵凤凰花开，好像唱着歌一样，使我的眼耳鼻舌身意都洋溢着少年时代的欢喜。

院　子

农村里的秋天来得晚，但真正秋天来的时候是很写意的。

首先感觉到的是终于有黄昏的晚霞了，当河边的微风吹过，我们背着沉重的书包回家,站在家前院子往远山看去,太阳正好把半天染红。那云红得就像枫叶,仿佛一片一片就要落下来了。于是,我常常站在院子里就呆住了,一直到天边泼墨才惊醒过来。

然后,悬丝飘浮的、带着清冷的秋灯的、只照射自己的路的萤火虫,不知道是从河的对岸或树林深处来了,数目多得超乎想象,千盏万盏掠过院子,穿过弄堂,在草丛尖浮荡。有人说萤火虫是点灯来找它前世的情缘,所以灯盏才会那么凄清闪烁,动人肝肺。

最后,是大人们扇着扇子,坐在竹椅上清喉咙:"古早、古早、古早……"说着他们的父亲、祖父一直传说不断忠孝节义的故事,听着这些故事,我觉得秋天真是温柔,温柔中流着情义的血。我们听故事的那个院子,听说还是曾祖父用石块亲手铺成的。

秋天枫红的云,凄凉的萤火,用传说铺成的院子如今还在闪烁,可惜现在不是秋天,也找不到那个院子了。

有 情

"花,到底是怎么样开起的呢!"有一天,孩子突然问我。

情深,
万象皆深

我被这突来的问题问住了,我说:"是春天的关系吧。"

对我的答案,孩子并不满意,他说:"可是,有的花是在夏天开,有的是在冬天开呀!"

我说:"那么,你觉得花是怎样开起的呢?"

"花自己要开,就开了嘛!"孩子天真地笑着,"因为它的花苞太大,撑破了呀!"

说完孩子就跑走了,是呀!对于一朵花和对于宇宙一样,我们都充满了问号,因为我们不知它的力量与秩序是明确来自何处。

花的开放,是它自己的力量在因缘里的自然展现,它蓄积自己的力量,使自己饱满,然后爆破,有如阳光在清晨穿破了乌云。

花开是一种有情,是一种内在生命的完成,这是多么亲切呀!使我想起,我们也应该蓄积、饱满、开放,永远追求自我的完成。

炉 香

有一天,一位老太太问赵州从谂禅师:"怎样去极乐世界呢?"

赵州说:"大家都去极乐世界吧!我只愿永远留在苦海。"

我读到这里,心弦震动,久久不能自已,一个已经开悟的禅师,他不追求极乐,而希望自己留在与众生相同的地方,在苦海中生活,这是真实的伟大的慈悲。就好像在莲花池边,大家都赶来看莲花,经过时脚步杂乱,纸屑满地,而他只愿留下来打扫莲花池。

抬起头来,我看见案前的檀香炉,香烟袅袅,飘去不可知的远方,香气在室内盘绕不息。这烟气是不是也飘往极乐世界呢?可是如果没有香炉的承受,接受火炼,檀香的烟气也不可能飞到远方。

赵州正是要做那一个大香炉,用自己的燃烧之苦来点灯众生虔诚的极乐之向往。

我也愿做烧香的铜炉,而不要只做一缕香。

天 空

我和一位朋友去参观一处数有年代的古迹,我们走进一座

情深,
万象皆深

亭子,坐下来休息,才发现亭子屋顶上刻着许多繁复、细致、色彩艳丽的雕刻,是人称"藻井"的那种东西。

朋友说:"古人为什么要把屋顶刻成这么复杂的样子?"

我说:"是为了美感吧!"

朋友说不是这样的,因为人哪有那样多的时间整天抬头看屋顶呢!

"那么,是为了什么?"我感到疑惑。

"有钱人看见的天空是这个样子的呀!缤纷七彩、金银斑斓,与他们的珠宝箱一样。"这是我第一次听见的说法,眼中禁不住流出了问号,朋友补充说,"至少,他们希望家里的天空是这样子,人的脑子塞满钱财就会觉得天空不应该只是蓝色。只有一种蓝色的天空,多无聊呀!"

朋友似笑非笑地看着藻井,又看着亭外的天空。

我也笑了。

当我们走出有藻井的凉亭时,感觉单纯的蓝天,是多么美!多么有气派!

"水因有月方知静,天为无云始觉高。"我突然想起这两句诗。

辑四
每一寸时光都有欢喜

如　水

曾经协助丰臣秀吉统一全日本的大将军黑田孝高，他擅于用水作战，曾用水攻陷了久攻不下的高松城，因此在日本历史上有"如水"的别号，他曾写过"水五则"：

一、自己活动，并能推动别人的，是水。

二、经常探求自己的方向的，是水。

三、遇到障碍物时，能发挥百倍力量的，是水。

四、以自己的清洁洗净他人的污浊，有容清纳浊的宽大度量的，是水。

五、汪洋大海，能蒸发为云，变成雨、雪，或化而为雾，又或凝结成一面如晶莹明镜的冰，不论其变化如何，仍不失其本性的，也是水。

这"水五则"，也就是"水的五德"，是值得参究的，我们每天要用很多的水，有没有想过水是什么？要怎样来做水的学习呢？

要学习水，我们要做能推动别人的、常探求自己方向的、以百倍力量通过障碍的、有容清纳浊度量的、永不失本性的人。

要学习水，先要如水一样清净、无碍才行。

情深，
万象皆深

茶　味

我时常一个人坐着喝茶，同一泡茶，在第一泡时苦涩，第二泡甘香，第三泡浓沉，第四泡清洌，第五泡清淡，再好的茶，过了第五泡就失去味道了。

这泡茶的过程时常令我想起人生，青涩的年少，香醇的青春，沉重的中年，回香的壮年，以及愈走愈淡、逐渐失去人生之味的老年。

我也时常与人对饮，最好的对饮是什么话都不说，只是轻轻地品茶；次好的是三言两语；再次好的是五言八句，说着生活的近事；末好的是九嘴十舌，言不及义；最坏的是乱说一通，道别人的是非。

与人对饮时常令我想起，生命的境界确乎是超越言句的，在有情的心灵中不需要说话，也可以互相印证。喝茶中有水深波静、流水喧喧、花红柳绿、众鸟喧哗、车水马龙种种境界。

我最喜欢的喝茶，是在寒风冷肃的冬季，夜深到众音沉默之际，独自在清静中品茗，杯小茶浓，一饮而尽，两手握着已空的杯子，还感觉到茶在杯中的热度，热，迅速地传到心底。

犹如人生苍凉历尽之后，中夜观心，看见，并且感觉，少年时沸腾的热血，仍在心口。

一粒沙，或一条河岸？

当我在澄思静虑的时候，有时自己陷入一种两难的情况。

这种情况常常发生在看到别人受苦而找不到出路，看到善良的人在苦难里挣扎不能解脱的时候——看别人痛苦以至感同身受的锥刺是一种难以言诠的经验。

我因此常在内心呐喊：难道这是宿命的吗？难道不可改变吗？难道是不得不偿还的业吗？

想到众生的心灵不能安稳，有时惊心到被窗外温柔的月光吵醒，然后我就会在寒夜的冷风中独坐，再也无法安睡。有时我甚至一个人跑到山上，对着萧萧的草木人吼大叫，来泄去心

情深,
万象皆深

中看到善良的人受苦而生起的悲愤。有时我会在草原上拼命奔跑,跑到力尽颓倒在地上,然后仰望苍空,无声地喘息,然后"天呀!天呀!"悲唤起来。

没有人知道我的这种挣扎与忧伤,对众生受困于业报的实情,有时令我流泪,甚至颤抖,全身发冷,身毛皆竖。

幸好,这样的颤抖很快就能平息,在平复的那一刻就使我看见自己有多么脆弱,多么容易受到打击,我应该更坚强一些、更广大一些,不要那样忧伤与沉痛才好。可是也就在那一刻,我会更深地思索"业"的问题,众生的业难道一定要如此悲惨地来受报吗?当见到众生饱受折磨时,究竟有谁可以为他们承担呢?

龙树菩萨的"中观"告诉我们,业好比一粒种子,里面有一种永不失去、永不败坏的东西,这就好像生命的契约,这契约则是一种债务,人纵使可以不断地借贷来用,但是因为契约,他迟早总要去偿还他的债务。业的种子是如此牢不可破,业如果可破,果报就不成立了。业的法则适用于善业与恶业,永不失去。

在原始佛教里,业力因果是那样坚强,整个人生就由一张业网所编织而成,即使死亡,业网也还在下一世呼吸的那一刻等待我们。

这种观点有时使我非常悲观,如果因果业报是"骨肉至亲,不能代受",那么我们的自修自净有何意义呢?

我的悲观常常只有禅学可以解救,禅告诉我们,并没有人束缚我们,没有人污染我们,在自性的光明里,业是了不可得的。人人都有光明自性,则人人的业也都可以了不可得。但是,这不是充满了矛盾吗?

我们的人生渺小如一粒沙子,每一粒沙子都是独立存在与别的沙子无关,那么,我只能清洗自己的沙子,有什么能力清洗别人的沙子?即使是最邻近的一粒沙,清洗似乎也是不可能的。

当我看到新闻,有人杀人了,那两人之间真的是从前的旧债吗?这样不就使我们失去对被杀者的悲悯,失去对杀人者的斥责吗?不应该这样的呀!每一次的恶事不应该只由当事者负责,整个社会都应有相关的承担,这样,真实的正义才能抬头,全体的道德才有落脚之处。

西方净土之所以没有恶事,并非在那里的人都是完全清净才往生的!而是那里有完全清净的环境,不论什么众生去往生,也都可以纯净起来。

情深，
万象皆深

　　我觉得，这世界所有的恶事，都不应该完全由当事人承受，这世界一切众生之苦也不可以是从前造罪而活该当受的。修行的人不应该有"活该"的思想，也不应该有一丝丝"活该"的念头。

　　世界的人都在受报，但不应该人人都是"活该"！

　　因此，我虽无法解开那张业网，让我做其中的一条丝线，让我做其中的经纬。

　　大乘佛教对业报的看法总在最悲观时抚慰我，我虽渺小，但宇宙之网是由我为中心向时空开展，要以自净来净化整个宇宙的罪业，用这微弱的双肩来承担净化世界污秽的责任。业绝不是单一的自我，而是世界的整体。

　　人生若还有罪业，我就难以自净。众生若不能安稳，我就永远不可能安稳！

　　我的不能安稳，我的沉痛，乃至我鲜为人知的颤抖，不也是一种自然的呈现吗？正因我不是焦芽败种，我才有那样热切滚烫的感受吧！

　　我只是一粒沙，这是生命里无可如何的困局，但是我多么希望，我每次看到生命的苦楚，都看到一整条河岸，而不只看见受难的那一粒沙。

这样想时,我总是渴切地祈祷:佛、菩萨、龙天护法,请悲悯这个世界!请护念这个世界!请嘱咐这个世界!请使这世界成为清净的国土!

太阳雨

对太阳雨的第一印象是这样子的。

幼年随母亲到芋田里采芋梗,要回家做晚餐,母亲用半月形的小刀把芋梗采下,我蹲在一旁看着,想起芋梗油焖豆瓣酱的美味。

突然,被一阵巨大震耳的雷声所惊动,那雷声来自远方的山上。

我站起来,望向雷声的来处,发现天空那头的乌云好似听到了召集令,同时向山头的顶端飞驰奔跑去集合,密密层层地叠成一堆。雷声继续响着,仿佛战鼓频催,一阵急过一阵,忽然,将军喊了一声:"冲呀!"

乌云里哗哗洒下一阵大雨,雨势极大,大到数公里之外就听见噼啪之声,撒豆成兵一样。我站在田里被这阵雨的气势慑住了,看着远处的雨幕发呆,因为如此巨大的雷声、如此迅速集结的乌云、如此不可思议的澎湃之雨,是我第一次看见。

说是"雨幕"一点也不错,那阵雨就像电影散场时拉起来的厚重黑幕,整齐地拉成一列,雨水则踏着军人的正步,齐声踩过田原,还呼喊着雄壮威武的口令。

平常我听到大雷声都要哭的,那一天却没有哭,就像第一次被鹅咬到屁股,意外多过惊慌。最奇异的是,雨虽是那样大,离我和母亲的位置不远,而我们站的地方阳光依然普照,母亲也没有要跑的意思。

"妈妈,雨快到了,下很大呢!"

"是西北雨,没要紧,不一定会下到这里。"

母亲的话说完才一瞬间,西北雨就到了,有如机枪掠空,哗啦一声从我们头顶掠过,就在扫过的那一刹那,我的全身已经湿透,那雨滴的巨大也超乎我的想象,炸开来几乎有一个手掌,打在身上,微微发疼。

西北雨淹住我们,继续向前冲去。奇异的是,我们站的地方仍然阳光普照，使落下的雨丝恍如金线，一条一条编织成金黄色的大地，溅起来的水滴像是碎金屑，真是美极了。

母亲还是没有要躲雨的意思，事实上空旷的田野也无处可躲，她继续把未采收过的芋梗采收完毕。记得她曾告诉我，如果不把粗的芋梗割下，包覆其中的嫩叶就会壮大得慢，在地里的芋头也长不坚实。

把芋梗用草捆扎起来的时候，母亲对我说："这是西北雨，如果边出太阳边下雨，叫作日头雨，也叫作三八雨。"接着，她解释说，"我刚刚以为这阵雨不会下到芋田，没想到看错了，因为日头雨虽然大，却下不广，也下不久。"

我们在田里对话就像家中一般平常，几乎忘记是站在庞大的雨阵中，母亲大概是看到我愣头愣脑的样子，笑了，说："打在头上会痛吧！"然后顺手割下一片最大的芋叶，让我撑着，芋叶遮不住西北雨，却可以暂时挡住雨打的疼痛。

我们工作快完的时候，西北雨就停了，我随着母亲沿田埂走回家，看到充沛的水在圳沟里奔流，整个旗尾溪都快涨满了，可见这雨虽短暂，却是多么巨大。

太阳依然照着，好像无视刚刚的一场雨。我感觉自己身上的雨水向上快速地蒸发，田地上也像冒着腾腾的白气，觉得空气里有一股甜甜的热,土地上则充满着生机。

"这西北雨是很肥的,对我们的土地是最好的东西。我们做田人,偶尔淋几次西北雨,以后风呀雨呀,就不会轻踩让我们感冒。"田埂只容一人通过,母亲回头对我说。

这时,我们走到蕉园附近,高大的父亲从蕉园穿出来,全身也湿透了。"咻!这阵雨有够大!"然后他把我抱起来,摸摸我的光头,说,"有给雷公惊到否?"我摇摇头,父亲高兴地笑了,"哈……金刚头,不惊风、不惊雨、不惊日头。"

接着,他把斗笠戴在我头上,我们慢慢地走回家去。

回到家,我身上的衣服都干了,在家院前我仰头看着刚刚下过太阳雨的田野远处,看到一条圆弧形的彩虹,晶亮地横过天际,天空中干净清朗,没有一丝杂质。

每年到了夏天,在台湾南部都有西北雨,午后刚睡好午觉,雷声就会准时响起,有时下在东边,有时下在西边,像是雨和土地的约会。在台北都城,夏天的时候如果空气污浊,我就会想:"如果来一场西北雨就好了!"

西北雨虽然狂烈,却是土地生机的来源,也让我们在雄浑的雨景中感到人是多么渺小。

我觉得这世界之所以会人欲横流、贪婪无尽,是人不能白见渺小，因此对天地与自然的律则缺少敬畏的缘故。大风大雨在某些时刻给我们一种无尽的启发，记得我小时候遇过几次大台风，从家里的木格窗看见父亲种的香蕉，成排成排地倒下去，心里忧伤，却也同时感受到无比的大力，对自然有一种敬畏之情。

台风过后，我们小孩子会相约到旗尾溪"看大水"，看大水淹没了溪洲，淹到堤防的腰际，上游的牛羊猪鸡，甚至农舍的屋顶，都在溪中浮沉漂流而去，有时还会看见两人合围的大树，整棵连根流向大海，我们就会默然肃立，不能言语，呀！从山水与生命的远景看来，人是渺小一如蝼蚁的。

我时常忆起那骤下骤停，瞬间阳光普照，或一边下大雨一边出太阳的"太阳雨"。所谓的"三八雨"就是一块田里，一边下着雨，另外一边却不下雨。我有几次站在那雨线中间，让身体的右边接受雨的打击，左边接受阳光的照耀。

三八雨是人生的一个谜题，使我难以明白，问了母亲，她三言两语就解开这个谜题，她说：

"任何事物都有界限。山再高，总有一个顶点；河流再长，总能找到它的起源；人再长寿，也不可能永远活着；雨也是这样，不可能遍天下都下着雨，也不可能永远下着……"

在过程里固然变化万千，结局也总是不可预测的。我们可能同时接受着雨的打击和阳光的温暖，我们也可能同时接受阳光无情的曝晒与雨水有情的润泽。山水介于有情与无情之间，能适性地、勇敢地举起脚步，我们就不能因自然的轻踩得到感冒。

在苏东坡的词里有一首《水调歌头》，是我很喜欢的，他说：

落日绣帘卷，亭下水连空。知君为我新作，窗户湿青红。长记平山堂上，欹枕江南烟雨，杳杳没孤鸿。认得醉翁语，山色有无中。

一千顷，都镜净，倒碧峰。忽然浪起，掀舞一叶白头翁。堪笑兰台公子，未解庄生天籁，刚道有雌雄。一点浩然气，千里快哉风。

在人生广大的倒影里，原没有雌雄之别。千顷山河如镜，山色在有无之间，使我想起南方故乡的太阳雨，最爱的是末后两句："一点浩然气，千里快哉风。"心里存有浩然之气的人，千里的风都不亦快哉，为他飞舞、为他鼓掌！

这样想来，生命的大风大雨，不都是我们的掌声吗？

半梦半醒之间

去买闹钟的时候,钟表店的老板建议我买一种"懒人闹钟"。

"什么是懒人闹钟呢?"

"懒人闹钟是为了懒人而设计的,一般闹钟响时只有一种声音,懒人闹钟响的时候,节奏由慢而快,由缓而急,到最后会闹得人吃不消;一般闹钟一按就停,懒人闹钟按了不会停,每隔五分钟它就会再响起来,除非把总开关关掉。"老板边说边从橱柜中取出一具体积很小的电子钟,示范给我看。

"什么样的人会买这种懒人闹钟呢?"

"一般人都会买呀!因为大家对自己都不是绝对有信心的,

特别是冬天的清晨要起真不容易。"

"可是，如果他起来把总开关关掉，这闹钟还是没有用。"

"对呀！对于真正的懒人，再好的闹钟也没有用，闹钟是给那些介于半梦半醒之间的人使用的。"

与我一向熟识的钟表行老板，讲出这么有哲理的话，令我颇为惊异，于是我接着问："什么是半梦半醒之间呢？"

老板说："一个人刚被闹钟唤醒的时候，就处在半梦半醒之间。如果一听到闹钟响，立刻能处在清醒的状态，这种人在佛教里叫作'慧根'；如果闹钟怎么叫也叫不醒，甚至爬起来把总开关关掉，这种人叫'钝根'。一般人既不是慧根，也不是钝根，而是'凡根'。所谓凡根，是会清醒、会迷失、会升华，也会堕落；是听到闹钟响时，徘徊挣扎在半梦半醒之间。对这样的人，一个好闹钟才是有帮助的，在半梦半醒之间的人，是比较易于再入梦，不易于醒来的，这时需要一再地叮咛、嘱咐、催促，懒人闹钟就能发挥它的效益。"

真没有想到钟表行老板是一个哲学家，最后就买了一只懒人闹钟回家，每天清晨闹钟响的时候，我总是想起老板所说的话，口念阿弥陀佛，立刻跃起，关掉闹钟的总开关，开始一天的工作，因为我希望做一个有"慧根"的人。

情深,
万象皆深

　　过了一阵子,我买的懒人闹钟竟坏掉了,拿去检修,查出来的原因是,由于太久没有让它"闹",最后这闹钟竟不会"闹"了。老板说:"电子的东西就是这样,你没机会让它叫,过一阵子它就不会叫了。"

　　回家的路上,我想到,如果依"慧根、钝根、凡根"来推论,一个有慧根的觉醒者,长久不让妄想、执着有出头来闹的机会,最后就会连无明习气都不会叫了。

　　其实,"凡心"与"佛心"并无差别。凡心是迷梦未醒的心,佛心是在长睡中悠悠醒来的心;凡心是未开的花苞,佛心是已开的花朵。未开者是花,已开者也是花,只不过已开的花有美丽的色彩、有动人的香气、能展现春天的消息罢了。

　　我们虽没有慧根能彻底地醒觉,但我们也不是完全迷梦的钝根。我们一般人都是介于梦与醒的边缘,都是在半梦半醒之间,就在此时此地的生活里,我们不全是活在泥泞污秽的大地。在某些时刻,我们的心也会飞翔到有晴空丽日、有彩虹朝霞的境界,偶尔我们也会有草地一般柔美、月亮一样光华、星辰一样闪烁的时刻,用一种清明的态度来看待生命。

　　那种感觉,就像清晨被闹钟从睡梦中唤醒。

　　可惜复可叹的是,当闹钟响过之后,我们很快会被红尘烟波所淹没，又沦入了梦中。

醒是好的，但醒不能离开梦而独存；觉是好的，但觉也不能离开迷惘而起悟。

生活中本就有梦与醒、迷与觉的两面，人在其中彷徨、挣扎、奋斗、追求，才使生命的意义、永恒的价值在历程中闪闪生辉，这是为什么达摩祖师写下如此动人的偈语：

亦不睹恶而生嫌，

亦不观善而勤措；

亦不舍智而近愚，

亦不抛迷而求悟。

人生的不完满并不可怕，人投生到有缺憾的娑婆世界也不可怕，怕的是永处迷途而不觉，永堕沉梦而不惊，怕的是在心灵中没有一个闹钟，随时把我们从无明、习气、妄想、执着中叫醒。

我们从睡梦中醒来的时候，向人宣说梦境，《般若经》说这是"梦中说梦"，因为人生就是一个大梦，睡眠中的梦固是虚假不实，人所走过的生命何处能寻找真切的足迹呢？《入楞伽经》中，佛说："诸凡夫痴心执着，堕于邪见，以不能知但是自心虚妄见故。是故我说一切诸法如梦如幻，无有实体。"一切诸法无有实体，如梦如幻，梦幻本空，悉无所有，凡夫执着于我，所以沉沦于生死大海中轮转不已，迷梦也就无法终止。

梦中还有梦在，这是生命的遗憾，而觉中还有觉在，则是生命的幸运。

觉，是菩提之意，是对烦恼的侵害可以察觉，对无明昏暗能明朗了知，心性远离妄想，而能照能用，做自己的主宰。

幻化如花，花果飘零之后，另外的花从哪里开呢？

梦境如流，河水流过之后，新的河水由何处流来呢？

《圆觉经》里说："一切众生种种幻化，皆生如来圆觉妙心，犹如空花，从空而有，幻花虽灭，空性不坏，众生幻心，还依幻灭，诸幻尽灭，觉心不动。"

在落花的根部、在流水的源头，有一个有生机的清明的地方，只要我们寻根溯源，就能在那里歇息了。

善男子！善女人！在半梦半醒之间，让我们听着心的闹钟吧！一跃而起，走向清净、庄严、究竟之路。

莲花汤匙

洗茶碟的时候,不小心打破了一根清朝的古董汤匙,心疼了好一阵子,仿佛是心里某一个角落跌碎一般。

那根汤匙是有一次在金门一家古董店找到的。那一次我们在山外的招待所,与招待我们的军官聊到古董,他说在金城有一家特别大的古董店,是由一位小学校长经营的,一定可以找到我想要的东西。

夜里九点多,我们坐军官的吉普车到金城去。金门到了晚上全面宵禁,整座城完全漆黑了,商店与民家偶尔有一盏烛光的电灯。由于地上的沉默与黑暗,更感觉到天上的明星与夜色

情深，
万象皆深

有着晶莹的光明，天空是很美很美的灰蓝色。

到古董店时，"校长"正与几位朋友喝茶。院子里堆放着石磨、石槽、秤锤。房子里十分明亮，与外边的漆黑有着强烈的对比。

就像一般的古董店一样，名贵的古董都被收在玻璃柜子里，每日整理、擦拭。第二级的古董则在柜子上排成一排一排。我在那些摆着的名贵陶瓷、银器、铜器前绕了一圈，没见到我要的东西。后来校长带我到西厢去看，那些不是古董而是民间艺术品，因为没有整理，显得十分凌乱。

最后，我们到东厢去，校长说："这一间是还没有整理的东西，你慢慢看。"他大概已经嗅出我是不会买名贵古董的人，不再为我解说，到大厅里继续和朋友喝茶了。

这样，正合了我的意思，我便慢慢地在昏黄的灯光下寻索检视那些灰尘满布的老东西。我找到两个开着粉红色菊花的明式瓷碗，两个民初的粗陶大碗，一长串从前的渔民用来捕鱼的渔网陶坠。蹲得脚酸，正准备离去时，看到地上的角落开着一朵粉红色的莲花。

拾起莲花，原来是一根汤匙，茎叶从匙把伸出去，在匙心开了一朵粉红色的莲花。卖古董的人说："是从前富贵人家喝莲子汤用的。"

辑四
每一寸时光都有欢喜

买古董时有一个方法，就是挑到最喜欢的东西要不动声色、毫不在乎。结果，汤匙以五十元就买到了。

我非常喜欢那根莲花汤匙，在黑夜里赶车回山外的路上，感觉到金门的晚上真美，就好像一朵粉红色的莲花开在汤匙上。

回来，舍不得把汤匙收起来，经常拿出来用。每次用的时候就会想起，一百多年前或者曾有穿绣花鞋、戴簪珠花的少女在夏日的窗前迎风喝冰镇莲子汤，不禁感到时空的茫然。小小如一根汤匙，可能就流转过百年的时间，走过千百里空间，被许多不同的人使用，这算不算是一种轮回呢？如果依情缘来说，说不定在某一个前世我就用过这根汤匙，否则，怎么会千里迢迢跑到金门，而在最偏僻的角落与它相会呢？这样一想，使我怅然。

现在它竟落地成为七片。我把它们一一拾起，端视着不知道要不要把碎片收藏起来。对于一根汤匙，一旦破了就一点用处也没有了，就好像爱情一样，破碎便难以缝补，但是曾经宝爱的东西总会有一点不舍的心情。

我想到，在从前的岁月里，不知道打破过多少汤匙，却从来没有一次像这一次，使我为汤匙而叹息。其实，所有的汤匙本来都是一块泥土，在它被匠人烧成的那一天就注定有一天会打破。我的伤感，只不过是它正好在我的手里打破，而它正好画了一朵很美的莲花，正好又是一个古董罢了。

这个世界的一切事物都只不过是偶然。一撮泥土偶然被选取，偶然被烧成，偶然被我得到，偶然地被打破……在偶然之中，我们有时误以为是自己做主，其实是无自性的，在时空中偶然的生灭。

在偶然中，没有破与立的问题。我们总以为立是好的，破是坏的，其实不是这样。以古董为例，如果全世界的古董都不会破，古董终将一文不值；以花为例，如果所有的花都不会凋谢，那么花还会有什么价值呢？如果爱情都能不变，我们将不能珍惜爱情；如果人都不会死，我们必无法体会出生存的意义。然而也不能因为破立无端，就故意求破。大慧宗杲曾说："若要径截理会，需得这一念子嚗地一破，方了得生死，方名悟入。然切不可存心待破。若存心破处，则永劫无有破时。但将妄想颠倒的心、思量分别的心、好生恶死的心、知见解会的心、欣静厌闹的心，一时按下。"

大慧说的悟道的破，是要人回到主体的直观，在生活里不也是这样吗？一根汤匙，我们明知它会破，却不能存心待破，而是在未破之时真心地珍惜它，在破的时候去看清："呀，原来汤匙是泥土做的。"

这样我们便能知道僧肇所说的:"不动真际为诸法立处。非离真而立处,立处即真也。然则道远乎哉?触事而真。圣远乎哉?体之即神。"(一个不动的真实才是诸法站立的地方。不是离开真实另有站立之处,而是每一个站立的地方都是真实的。每接触的事物都有真实,道哪里远呢?每有体验之际就有觉意,圣哪里遥远呀?)

我宝爱于一根汤匙,是由于它是古董,它又画了一朵我最喜欢的莲花,才使我因为心疼而失去真实的观察。如果回到因缘,僧肇也说得很好。他说:"物从因缘故不有,缘起故不无,寻理即其然矣。所以然者,夫有若真有,有自常有,岂待缘而后有哉?譬彼真无,无自常无,岂待缘而后无也。若有不自有,待缘而后有者,故知有非真有。有非真有,虽有不可谓之有矣。"

一根莲花汤匙,若从因缘来看,不是真实的有,可是在缘起的那一刻又不是无的。一切有都不是真有,而是等待因缘才有,犹如一撮泥土成为一根汤匙需要许多因缘;一切无也不是真的无,就像一根汤匙破了,我们的记忆中它还是有的。

我们的情感乃至于生命,也和一根汤匙没有两样,"捏一块泥,塑一个我",我原是宇宙间的一把客尘,在某一个偶然中,

情深,
万象皆深

被塑成生命,有知、情、意,看起来是有的、是独立的,但缘起缘灭,终又要散灭于大地。我有时候长夜坐着,看看四周的东西,在我面前的是一张清朝的桌子,我用来泡茶的壶是民初的,每一样都活得比我还久,就连架子上我在海边拾来的石头,是两亿七千万年前就存在于这个世界了。这样想时,就会悚然而惊,思及"世间无常,国土危脆",感到人的生命是多么薄脆。

在因缘的无常里,在危脆的生命中,最能使我们坦然活着的,就是马祖道一说的"平常心"了。在行住坐卧、应机接物都有平常心地,知道"月影有若干,真月无若干;诸源水有若干,水性无若干;森罗万象有若干,虚空无若干;说道理有若干,无碍慧无若干"。(马祖语)找到真月,知道月的影子再多也是虚幻;看见水性,则一切水源都是源头活水……

三祖僧灿说:"莫逐有缘,勿住空忍。一种平怀,泯然自尽。"这"一种平怀"说得真好。以一种平坦的怀抱来生活,来观照,那生命的一切烦恼与忧伤自然就灭去了。

我把莲花汤匙的破片丢入垃圾桶,让它回到它来的地方。这时,我闻到了院子里的含笑花很香很香,一阵一阵,四散飞扬。

总有群星在天上

我沿着开满绿茵的小路散步,背后忽然有人说:"你还认识我吗?"

我转身凝视她半天,老实地说:"我记不得你的名字了。"

她说:"我是你年轻时第一次最大的烦恼。"她的眼睛极美,仿佛是大气中饱孕露珠的清晨,试图唤醒我的回忆。

我默默地站了一会儿,感到自己就是那清晨,我说:"你已卸下了你泪珠中的一切负担了吗?"

她微笑不语,我感觉到她的笑语就是从前眼泪所化成的。

"你曾说,"看到我有如湖水般清澈平静,她忍不住低声地说,"你曾说,你会把悲痛永远刻在心版。"

我脸红了,说:"是的,但岁月流转,我已忘记悲痛。"

然后,我握着她的手说:"你也变了。"

"曾经是烦恼的,如今已变成平静了。"她说。

最后,我们牵着手在开满绿茵的小路散步,两个人都像清晨大气中饱含的露珠,清澈、平静、饱满。

昨天悲痛的露珠早已消散,今晨的露珠也在微笑中,逐渐地消散了。

这是泰戈尔"即兴诗集"里的一段,我改写了一点点,使它具有一些"林清玄风格",寄给你。我觉得这一段话很能为我们情爱的过往写下脚注。我偶尔也会遇见年轻时给我悲痛与烦恼的人,就感觉自己很能接近这首叙事诗的心情了。

我很能体会你此时的心情,因为不想伤害别人,以致迟迟不能做出分手的决定。你是那样善良与纯真(就像我的少年时代),可是,往往因为我们不忍别人受伤,到最后,自己却受了最大的伤害,那就像把一支蜡烛围起来烧一样(因为我们怕烧到别人),自己承受了浓烟和窒息。其实,只要我们把蜡烛拿到桌面上,黑暗的房子看得更清楚,自己和别人说不定因此有一些光明与温暖的体会。

这些年来,我日益觉得智慧的重要。什么是"智慧"呢?智是观察和思考的能力,慧是抉择与判断的能力。你的情形是很容易做观察和抉择的。爱上你的人是你不该爱的人,而选择分手可以使你卸下负担得到自由,为什么不选择及早地分手呢?你不忍对方受伤害,但是,爱必然会带着伤害,特别是不正常不平衡的爱,伤害是必然的。我们要学习受伤,别人也要学习受伤呀!

我再写一首泰戈尔的短诗给你:

烟对天空、灰对大地自夸:
"火是我们的兄弟。"
悲伤对心、烦恼对生命自称:
"爱是我们的姊妹。"
问了火和爱,他们都说:
"我们怎么会有那样的兄弟姊妹?"
"我的兄弟是温暖和光明。"火说。
"我的姊妹是温柔与和平。"爱说。

在我们生命的岁月里,火和爱或许是必要的,但个必要弄

情深,
万象皆深

得自己烟尘滚滚、灰头土脸,也不必一定要悲伤和烦恼,那就像每天有黎明与日落一般,大地是坦然地承受罢了。不正常与不平衡的爱是人生最好的启蒙,就如同乌云与暴风雨是天空最好的启示一般。关于心、关于生命,没有什么是真正的伤害,也没有什么是真正的好。雨在下的时候可能觉得自己对茉莉花是有好处的,但盛开的茉莉花可能因为一场微雨凋落了;曝晒的阳光可能觉得自己会伤害秋日的土地,但土地中的种子却因为阳光能青翠地发芽了。爱情的成熟与圆满正是如此,只要不失真心,没有什么可以伤害我们真实的生命。

在写信给你的时候,我的思想像一只天鹅飞翔,忆起自己在笔记上写过的一些东西:

箭在弓上时,箭听见弓的低语:

"你的自由是我给予的。"

箭射出时,回头对弓大声说:

"我的自由是我自己的。"

——没有飞翔,就没有自由。

——没有放下,就没有自由。

——没有自由,弓与箭都失去意义。

这些都是游戏的笔墨，我们千万别忘了弓箭之后有拉弓的力，力之后还有人，人还要站在一个广大的空间上。

人人都渴望爱情，即使我们正处在其中的爱情不是最好的，却因为渴求而盲目了，这一点连天神也不例外。希腊神话里太阳神阿波罗在追求猎户少女多妮时，因为追不到，使她被父亲化成一棵月桂树，然后感叹地说："你虽不爱我，但最低限度你必须成为我的树。"从此，阿波罗的头上总是戴着月桂冠，纪念他对多妮的爱。牧神潘恩则把女神灵化成一簇芦苇，并把她化成一支芦笛随身携带。世上最美的少年勒施萨斯无法全心地爱别人（因为他太爱自己了），最后他化为池中的一朵水仙花。另一位美少年海亚仙英斯则因为阿波罗的嫉妒而变成一枝随风漂泊的风信子……

神话是一个象征，象征人要从情爱中得到自由自在、无碍解脱是多么艰难呀！但是学习是人间的功课，到现在我还在学习，只是我每看到人在情爱中挣扎都是感同身受，希望别人早日得到超越。那是因为我们的学习不一定要自己深陷泥沼才会体验到，有观照之智、抉择的慧；也知道那泥沼的所在和深浅，绕道而行或跨步而过。

希望下次收到你的信，就听见你的好消息。我们个必编月

情深,
万象皆深

桂冠戴在头上,不必随身携带芦笛,人生有许多花朵等我们去采。如果只想采断崖绝壁那一朵绝美的百合,很可能百合没有采到,清晨已经消逝了。

青春的珍惜是最重要的。在不正常不平衡的爱里浪掷青春,将会使人生的黄金岁月过得茫然而痛苦。青春像鸟,应该努力往远处飞翔。爱情纵使贵如黄金,在鸟的翅膀上绑着黄金,也会使最善飞翔的鸟为之坠落!

> 屋里的小灯虽然熄灭了,
> 但我不畏惧黑暗,
> 因为,总有群星在天上。
> 爱情虽然会带来悲伤,
> 一如最美的玫瑰有刺,
> 但我不畏惧玫瑰,
> 因为,我有玫瑰园,
> 我只欣赏,而不采摘。

但愿这封信能抚慰你挣扎的心,并带来一些启示。

阿火叔与财旺伯仔

十年没有上父亲的林场了,趁年假和妈妈、兄弟,带着孩子们上山。

车过六龟乡的新威农场,发现沿途的景观与从前不大相同了,道路宽敞,车子呼啸而过。想到从前有一次和哥哥坐在新威国校门口,看一小时才一班的客运车,喘着气登山而去,我对哥哥说:"长大以后,如果能当客运车司机就好了。"然后我们挽起裤管入山,沿山溪行走,要走一个小时才会到父亲开山时住的山寮。那时用竹草搭成的寮仔里,住着父亲和他的三位金父——阿火叔、成叔、财旺伯仔。

情深，
万象皆深

父亲当时还是那么年轻强壮，从南洋战后回来，和少年时的伙伴一起来开山。三十几年前的新威山上还是一片非常原始的林地，没有道路，渺无人居，水电那是更不用说。听父亲说起，刚开山的时候，路上蛇虫爬行，时常与石虎、山猪、猴子、山羌、穿山甲惊慌相对。在寒冷的冬夜睡醒，发现山寮里的地方全是盘旋避寒的蛇，有时要把蛇拨开，才能找到落脚的地方走出去。

彼时阵，我刚刚出世。父亲为了开山，有时整个月没有时间低下头来看我一眼，听母亲这样说。

母亲说："你爸爸为了开山，每天清晨从家里骑脚踏车到新威，光骑车就要两小时。然后步行到深林里去，有时候则整季住在山里。"

每到立秋，雨季来的时候，母亲在夜里常为远方的暴雨与雷声惊醒，不知道在山洪中与命运搏斗的父亲，是否能平安归来。

一直经过二十几年，父亲的四百多甲山林才大致开垦出来。产业道路可以通卡车了，电灯来了，电话线通了，桃花心木、南洋杉、刺竹林都可以收成了，父亲竟带着未完成的梦想离开了我们。

在新威的路上，妈妈告诉我，阿火叔在前年因肺气肿也过去了，成叔离开山林后不知去向，现在山里只剩财旺伯仔住着。

辑四
每一寸时光都有欢喜

听到这些事,我因无常而感到哀伤,想到在三十几年前,几个刚步入壮年的朋友,一起挥别家人来开山的情景。

当我站在山里,对孩子说:"我们刚刚走过的路都是阿公开出来的。现在你所看得到的山都是我们的,是阿公种好的。"孩子茫然地说:"真的吗?真的吗?"对一个在城市长大的孩子来说,真的难以想象四百甲山林是多么巨大,没有边际。

小时候,我很喜欢到山里陪爸爸住,因为只有这样才有更多时间与父亲相处。在山中的父亲也显得特别温柔,他会带我们去溪涧游泳,去看他刚种的树苗,去认识山林里的动物和植物,甚至教我们使用平常不准触摸的番刀与猎枪。

我特别怀念的是与父亲、成叔、阿火叔、财旺伯仔一起穿着长长的雨鞋,到尚未开发的林地去巡山,检查土质山势风向,决定怎么样开发。父亲对森林那种专注的热情,常使我深深感动和向往,仿佛触及支持父亲梦想的那内在柔软的草原。我也怀念立秋雨季来的时候,我们坐在山寮的屋檐下看丰沛的雨水灌溉山林;夜里,把耳朵贴在木板上,听着滚滚隆隆的山洪从森林深处流过山脚;油灯旁边,父亲煮着决明子茶,芬芳的水汽在屋子里徘徊了一圈,才不舍地逸入窗外的雨景。

我对父亲有深刻的崇仰与敬爱,和他在森林开垦的壮志是

情深,
万象皆深

不可分的。

那样美好的山林生活,一晃已经三十年了。当我看见财旺伯仔的时候,感觉那就像梦一样。财旺伯仔看见我们,兴奋地跑过来和我们拥抱。他的孙子也都离开山林,只有他和财旺伯母数十年地守着山寮,仍然每天挑着水桶走三公里到溪底挑水,白天去巡山,夜里倾听大溪的流声。

提到父亲、阿火叔的死,成叔的离山,他只是长长地叹一口气。他说:"我现在也不喝酒了,没有酒伴唉!"

他带我们爬到山的高处,俯望着广大的山林,说:"你爸爸生前就希望你们兄弟有人能到山里来住,这个希望不知道能不能实现呢!"然后,他指着刺竹林山坡说,"阿玄仔,你看那里盖个寮仔也不错,只要十几万就可以盖得很美呀!"

在我成长的岁月里,有无数次曾立志回来经营父亲的森林,但是年纪愈长,那梦想的芽苗则隐藏得愈深了。随着岁月,我愈来愈能了解父亲少年时代的梦。其实,每个人都有过山林的梦想,只是很少很少人能去实践它。

我的梦想已经退居到对财旺伯仔说:"如果能再回山来住几天就好了。"

离开财旺伯仔的山寮已是黄昏。他和伯母站在大溪旁送我们,直到车子开远,还听见他的声音:"立秋前再来一趟呀!"

天色暗了,我回头望着安静的森林,感觉到林地的每一寸中,都有父亲那坚强高大的背影。

夏日小春

煠热的夏日

其实也很好

每一朵紫茉莉开放时

都有夏天夕阳的芳香

山樱桃

夏日虽然闷热,在温差较大的南台湾,凉爽的早晨、有风

辑四
每一寸时光都有欢喜

的黄昏、宁静的深夜,感觉就像是小小的春天。

清晨的时候沿山径散步,看到经过一夜清凉的睡眠,又被露珠做了晨浴的各种小花都醒过来微笑,感觉到那很像自己清晨无忧恼的心情。偶尔看见变种的野茉莉和山牵牛花开出几株彩色的花,竟仿佛自己的胸腔被写满诗句,随呼吸在草地上落了一地。

黄昏时分,我常带孩子去摘果子,在古山顶有一种叫作"山樱桃"的树,春天开满白花,夏日结满红艳的果子,大小与颜色都与樱桃一般,滋味如蜜还胜过樱桃。

这些山樱桃树在古山顶从日据时代就有了,我们不知道它的中文名字,甚至没有闽南语,从小,我们都叫它莎古蓝波(Sa Ku Lan Bo),是我从小最爱吃的野果子,它在甜蜜中还有微微的芳香,相信是做果酱极好的材料。虽然盛产时的山樱桃,每隔三天就可以采到一篮,但我从未做过果酱,因为"生吃都不够,哪有可以晒干的"。

当我在黄昏对几个孩子说"我们去采莎古蓝波"的时候,大家都立刻感受着一种欢愉的情绪,好像"莎古蓝波"这个词的节奏有什么魔法一样。

我们边游戏边采食山樱桃,吃到都不想吃的时候,就把新采的山樱桃放在胭脂树或姑婆芋的叶子里包回家，打开来请妈妈吃，她看到绿叶里有嫩黄、粉红、橙红、艳红的山樱桃果子，欢喜地说："真是美得不知道怎么吃呢。"

她总是浅尝几粒，就拿去冰镇。

夜里天气凉下来了，我们全家人就吃着冰镇的山樱桃，每一口都十分甜蜜，电视里还在演《戏说乾隆》，哥哥的小孩突然开口："就是皇帝也吃不到这么好的莎古蓝波呀。"

大家都笑了。我想，很单纯，也可以有很深刻的幸福。

青莲雾

很单纯，也可以有很深刻的幸福。在我们去采青莲雾的小路上，想到童年吃青莲雾的滋味，我就有这样的心情。

青莲雾种在小镇中学的围墙旁边，这莲雾的品种相信已经快灭绝了，当我听说中学附近有青莲雾没人要吃，落了满地的时候，就兴冲冲带三个孩子，穿过蕉园小径到中学去。

果然，整个围墙外面落了满地的青莲雾，莲雾树种在校园内，校门因为暑假被锁住了。

我们敲半天门,一个老工友来开门,问我们:"来干什么?"

我说:"我们想来采青莲雾,不知道可不可以?"

他露出一种兴奋的、难以置信的表情打量我们,然后开怀地笑说:"行呀,行呀。"他告诉我,这一整排青莲雾,因为滋味酸涩,连国中生都没有一点采摘的兴趣,他说:"回去,用一点盐、一点糖腌渍起来,是很好吃的。"

我们爬上莲雾树,老校工在树下比我们还兴奋,一直说:"这边比较多。""那里有几个好大。"看他兴奋的样子,我想大概有好多年,没有人来采这些莲雾了。

采了大约二十斤的莲雾,回家还是黄昏,沿路咀嚼青莲雾,虽然酸涩,却有很强烈的莲雾特有的香气。想起我读小学时曾为了采青莲雾,从两层楼高的树上跌下来,那时觉得青莲雾又甜又香,真是好吃。

经过三十年的改良,我们吃的莲雾,从青莲雾到红莲雾,再到黑珍珠,甜度不高的青莲雾就被淘汰了。

为什么我也觉得青莲雾没有以前的好吃呢?原因可能是嘴刁了,水果不断改良,使我们的野心欲望增强,不能习惯原始的水果(土生的芭乐、杧果、杨桃、桃李不都是相同的命运吗);另一个原因是在记忆河流的彼端,经过美化,连从前的酸莲雾

情深,
万象皆深

也变甜了。

家里的人也都不喜吃青莲雾,我想了一个方法,把它放在果汁机里打成莲雾汁,加很多很多糖,直到酸涩完全隐没为止。

青莲雾汁是翠玉的颜色,我也是第一次喝到,加糖、冰镇,在汗流浃背的夏日,喝到的人都说:"真好喝呀,再来一杯。"

夜里,我站在屋檐下乘凉,想到童年、青少年时代,其实有许多事都像青莲雾一样的酸涩,只是面目逐渐模糊,像被打成果汁,因为不断地加糖,那酸涩隐去,然后我们喝的时刻就自言自语地说:"真好喝呀,再来一杯。"

只是偶尔思及心灵深处那最创痛的部分,有如被人以刀刺入内心,疤痕鲜明如昔,心痛也那么清晰。"或者,可能,我加的糖还不够多吧。下次再多加一匙,看看怎么样?"我这样想。

回忆虽然可以加糖,感受的颜色却不改变,记忆的实相也不会翻转。

就像涉水过河的人,在到达彼岸的时候,此岸的经验与河面的汹涌仍然是历历在心头。

野木瓜

姊姊每天回家的时候,都会顺手带几个木瓜来。

原因是她住处附近正好有亲戚的木瓜田,大部分已经熟透在树上,落了满地,她路过时觉得可惜,每次总是摘几个。

"为什么他们都不肯摘呢?"我问。

"因为连请人采收都不够工钱,只好让它烂掉了。"

"木瓜不是一斤二十五块吗?台北有时卖到三十块。"我说。

在一旁的哥哥说:"那是卖到台北的价钱,在产地卖给收购的人,一斤三五块就不错了。"哥哥在乡下职校教书,白天教的学生都是农民子弟,夜里教的是农民,对农业有很独到的了解。

"正好今天我的一位同学问我:'你认为世界上最可怜的人是什么人?'我毫不考虑地说:'是农人。'"

"农人为什么最可怜呢?"哥哥继续发表高见,"因为农作物最好的时候,他们赚的不过是多一两块;农作物最差的时候,却凄惨落魄,有时不但赚不到一毛钱,还会赔得倾家荡产。农会呢?大卖小卖的商人呢?好的时候赚死了,坏的时候双脚缩起来,一毛钱也赔不到。"

情深，
万象皆深

　　问哥哥"世界上最可怜的人是什么人"的那位先生正好是老师兼农民，今年种三甲地的杜果，采收以后结算一共赚了三千元，一甲地才赚一千，他为此而到处诉苦。

　　哥哥说："一甲地赚一千已经不错，在台湾做农民如果不赔钱，就应该谢天谢地拜祖先了呀。"

　　不采摘的木瓜很快就会腐烂，多么可惜。也是黄昏时分，我带孩子去采木瓜，想把最熟的做木瓜牛奶，正好熟的切片，青木瓜拿来泡茶。

　　采木瓜给我带来心情的矛盾，当青菜水果很便宜，多到没人要的时候，我们虽然用很少的钱可以买很多，往往这时候，也表示我们的农民处在生活黑暗的深渊，使生长在农家的我，忍不住有一种悲情。

　　正这样想着，孩子突然对我说："爸爸，你觉不觉得住在旗山很好？"

　　"怎么说？"

　　"因为像木瓜、杜果、莲雾、山樱桃都是免费的呀。"孩子的这句话有如撞钟，使我的心嗡嗡作响。

　　夜里，把青木瓜头切开，去籽，塞进上好的冻顶乌龙茶，冲了茶，倒出来，乌龙茶中有木瓜的甜味与芳香，这是在乡下新学会的泡茶法,听说可以治百病,百病不知能不能治,但今天黄昏时的热恼倒是治好了。

生命中虽有许多苦难,我们也要学会好好地活在眼前,止息热恼的心,不做无谓的心灵投射。喝木瓜茶,我觉得茶也很好,木瓜也很好。

燠热的夏日其实也很好,每一朵紫茉莉开放时,都有夏天夕阳的芳香。

空白笔记本

在急速流过的每一天

我们为生活

留下什么呢

到一家非常精致、讲究品位的书店买书,顺道绕到文具部去,发现一个非常奇特的现象。

这家书店里的书售价都在一百到两百元之间,可是一本普通的笔记本售价都在两百元以上,稍微精致一点的则都在五百元以上。由于我平常都使用廉价的笔记本来记事,使我对现今笔记本的售价感到有点吃惊。

站在作者的角度，一本书通常所使用的纸张都比笔记本要多、要好，而一本书的成本有印刷、排版、校对、版税等费用，理论上成本比笔记本高得多。再加上书籍的流通有特定对象，范围比笔记本小得多，销路比不上笔记本。因此，一本笔记售价在五百、一千元，感觉上价格是不太合理的。

我问店员小姐说："为什么这些笔记本这么贵呢？比一本书贵太多了！"

她给了我一个意想不到的答复，她说："哎呀！书都是别人写的，写得再好也是别人的思想，笔记是给自己写的，自己的想法当然比别人的想法卖得贵了。"

说得真好！

走出书店，我沿着种满香樟树的敦南大道散步，想到笔记本卖得昂贵其实是好现象，表示这个社会的人生活比从前富裕了，大家也更讲究质量了，有能力花更多的金钱来购买进口的文具。

但是我立刻想到，从前的作家钟理和在写作的时候，甚至没有钱买稿纸，很多文章是写在破旧的纸片上。今年春天我特别到美浓去看钟理和纪念馆，看到作家工整的笔迹写在泛黄的纸片上，心中感慨良深。

接着我想到了，现在大部分的人都用昂贵的笔记本，但真正拿来写笔记的又有几人呢？记得我在离开书店的时候，店员小姐说："现在很多人花钱买笔记本不是用来写的，他们只是收藏笔记本，有的人一次买很多本呢！"这还是我第一次听到有人专门收藏笔记本，他们可能从来不写笔记，但他们不断地买笔记本，使得笔记本的设计日益精美，售价也一天比一天昂贵了。

比较起来，我自己是有点实用主义的倾向，再美丽精致的笔记本拿到手里总是要写的，有时候一年要写掉很多笔记本，由于消耗量大，反而不会太在乎笔记本的质量。

但是一本写满自己的生活、感受与思想的笔记，虽然形式简单、纸张粗糙，总比那些永远空白的昂贵笔记有价值得多。这一点，我觉得店员小姐说得好极了，笔记本是为了记录自己思想而存在的，如果我们只是欣赏而不用它，那不是辜负了那棵因做笔记本而被牺牲的树吗？

一个人活在世上，可能庸庸碌碌地过一辈子，然后什么都没留下就离开了尘世，因此我常鼓励别人写笔记，把生活、感受、思想记录下来。这样一则可以时时检视自己生命的痕迹；二则透过静心写笔记的动作可以"吾日三省吾身";三则逐渐使自己的思想清明有体系。

一天写几页笔记不嫌多,一天写一句感言不嫌少,深刻的生命、思维就是这样成熟的。如果我们不能在急速流过的每一天,为生活留下一些什么,生活就会如海上的浮沤,一粒粒破灭,终至消失。

我们有很多人有密密麻麻的电话簿,有麻麻密密的账簿;也有很多人在做生涯的规划,给五年计划、十年计划;可是有谁愿意给自己的今天写些什么呢?愿意给生活的灵光一闪写些什么呢?

唯有我们抓住生活的真实,才能填补笔记的空白,若任令生活流逝,笔记就永远空白了。

图书在版编目（CIP）数据

情深，万象皆深/林清玄著. -- 杭州：浙江教育出版社，2023.7
（林清玄清欢三卷）
ISBN 978-7-5722-5745-2

Ⅰ.①情… Ⅱ.①林… Ⅲ.①散文集－中国－当代 Ⅳ.①I267

中国国家版本馆CIP数据核字（2023）第071355号

本书由台北九歌出版社有限公司授权出版
经北京时代墨客文化传媒有限公司代理
版权合同登记号　浙图字：11-2023-004

| 责任编辑 | 赵露丹 | 美术编辑 | 韩　波 |
| 责任校对 | 马立改 | 责任印务 | 时小娟 |

林清玄清欢三卷：情深，万象皆深
LIN QINGXUAN QINGHUAN SAN JUAN：QINGSHEN, WANXIANG JIE SHEN

著　　者	林清玄
出版发行	浙江教育出版社
	（杭州市天目山路40号　电话：0571-85170300-80928）
印　　刷	河北鹏润印刷有限公司
开　　本	880mm×1230mm　1/32
成品尺寸	145mm×210mm
印　　张	8.125
字　　数	139000
版　　次	2023年7月第1版
印　　次	2023年7月第1次印刷
标准书号	ISBN 978-7-5722-5745-2
定　　价	52.00元

如发现印装质量问题，影响阅读，请与出版社联系调换。